蝴蝶之歌

張棠文集

張棠　著

作者與老公關德松在加州西湖村做義工當商會大使合影

作者夫婦乘遊輪在船上合影

2010年海外華文女作家協會大會，在台北總統府與馬英九總統合影

作者夫婦近照

2007年作者與中國作家協會主席鐵凝合影

2003年作者獲美國Census Bureau最高榮譽獎（Bronze Medal）。左：Census Director，Mr. Charles Louis Kincannon；右：Field Division Chief，Mr. Marvin Raines

臺北國語推行委員會實驗小學（國語實小），攝於1953年

臺北第二女子中學（今中山女高）逸仙樓（已列國家第三級古蹟）

1960年代的臺灣大學校總區

臺灣大學法學院（1963年作者畢業時尚無社會科學院）

Matilija Poppy，南加州特有的野花

祕魯馬丘比丘的聖誕紅，時為三月

作者一歲時照片

作者全家在廬山合影

作者（左）與父母親、弟弟於重慶海棠溪

作者讀初中時的全家福

1968年於洛杉磯南加大（USC）
獲MBA碩士學位

1963年作者臺大畢業時與父母親合影

獻給

父親張毓中先生

母親吳宛中女士

自序　蝴蝶的話

我生於戰亂。百餘年來中國的動蕩與不安，到我出生時，已經延續到了第四代，戰亂所造成的不安全感，可能就是我日後到美國去留學打拚的主要動力。然而到了美國，我才知道離開了父母、到陌生的地方去單打獨鬥，是多麼嚴峻的人生考驗。從飛機在美國土地上著陸的那一刻起，我就成了一個再也不能回頭、只有拚命向前的過河卒子。

五十年來，我不斷地調整腳步，克服語言文化的鴻溝，突破生活與工作上的重重困難。我的心路歷程，正如我在附文〈蝴蝶人生〉中所說的：「一次又一次地走過痛苦，克服困難，創造奇蹟。」

是的，在經過重重苦難以後，我退休了，我蛻變成了一隻逍遙自在的蝴蝶。對我來說，蛻變是一種宿命，是成長的一個過程。在蛻變的過程中，痛苦是一定有的，但我並不以為苦，我的快樂來自每一回「動心忍性，增益其所不能」後的心智成長。所以在這本《蝴蝶之歌》中，我並沒有著墨蛻變的過程，而是寫一隻「難看的毛蟲、醜陋的蛹」，在她蛻變成為蝴蝶之後的翩翩高歌。

我想我對寫作的愛好，應當來自於祖先的遺傳。但在兩岸開放以前，我一直以為我的父系祖先不明。因為不明，正好給了我豐富的想像空間，我曾想，他們會是跟著元朝周達觀出使真臘（柬埔寨）吳哥窟的溫州人嗎？還是在閩浙沿海跟著倭寇打家劫舍的海盜？

我的「幻想」後來都一一破滅了。兩岸開放以後，我看到了家譜，原來我父母都是來自因戰爭而萍飄四散的書香世家。祖父張作美在太平天國的烽火中，家破人亡，成為不識字的孤兒；我的母系「錢塘吳氏」是徽商後代，是一個三代進士、代代舉人、擅長科舉考試的大家族。然而，在戰亂失序的年代，這個家族也一樣的落葉飄零了。

擁有讀書基因的我，卻並不愛讀聖賢書，反而對聖賢以外的「閒雜」書籍情有所鍾。當我到了愛讀小說的初中時期，政府遷臺不久，當時的家長與老師都怕學生們沉迷於小說而不務「正業」（讀教科書），由是，躲進廁所或在棉被中拿手電筒看小說就成了我們那一代特有的趣事。幸運的是，我就讀的臺北第二女子中學（現為臺北市立中山女子高級中學）有相當豐富的圖書館藏書，我因此看了許多當時在別處看不到的中外古典著作。

北二女的逸仙樓，是一座厚磚建築的三層大樓。臺北夏天濕熱，在沒有冷氣的時代，教室內熱如蒸籠，然而每當夕陽西下，習習清風從窗口吹來，卻又非常的涼爽舒適。也因此，我讀高三的那個夏天，就常在放學後留在教室裏溫習功課，準備大專聯考。

有一個黃昏，我坐在三樓的教室窗口，誦讀文天祥的〈正氣歌〉，正當我讀到「風簷展書讀，古道照顏色」時，一陣清風吹了過來，我突然像觸了電一樣，感動得不得了。就在那神奇的一刻，我愛上了「古道」，也愛上了中國文學。

如說寫作的基因是一粒隨時會萌芽的種子，那命運就是豐美的土壤，在和風細雨的春天，一而再、再而三地給了我寫作的機會。

我在美國拿到ＭＢＡ（工商管理碩士）學位後，在一家市場研究公司當研究員，我的主要工作是搜集資料、撰寫市場報告。對一個初到美國、英文欠佳的人來說，書寫市場報告其實是一條極其艱辛的謀生之道，我因而不得不去參加各種英文演說的訓練，這些訓練，就成了我日後的寫作風格。例如我的〈聖誕紅的故事〉與〈我家蜂鳥〉就是典型的市場報告；又例如白老鼠的生世之謎，與澳門地名的解密等文章，也都是我多年來做市場研究，寫市場報告的自然結果。

從寫英文的市場報告到華文寫作，則是偶然中的偶然。一九八〇年，我和我老公關德松在紐約上州羅徹斯特（Rochester）已住了九年，他突然得到了一個到洛杉磯來工作的機會。我初到洛杉磯，一時無班可上，臺灣的《中國時報》剛好到北美洲來開海外版，我反正閒著沒事，就開始投稿，想不到我的文章立即得到生活版編輯王志明的青睞。

不久以後，《中國時報》海外版停刊了，我也同時在美國聯邦人口普查局（Bureau of the Census）找到了工作，自此以後，我再也沒有聽到過任何有關王志明的消息了。現在回想起來，從我老公突如其來的新工作機會、到《中國時報》海外版短暫的發行與停刊、到王志明編輯的現身與消失，這難道都是上蒼為了鼓勵我的寫作而創造的奇蹟嗎？

更奇怪的是，當我終於從工作崗位退休時，blog（web log，部落格，博客）出現了。我還記得當年我向年輕人一再詢問什麼是部落格的情景，誰知就是這新興的、充滿了神祕色彩的部落格給了我寬廣的寫作空間。在部落格之外，數位相機的誕生，又給我增添了奇妙的第三隻眼睛。這些日新月異的新科技，不斷地挑戰著我的寫作方法、寫作內容，甚至寫作的工具與元素，寫作成了我退休以後最令我著迷的愛好。

當我忙於人口普查局工作的那二十年，正是臺灣平面出版業的盛世，我臺大商學系同學游伯龍教授，以及千橡文友鄭麗美與林書玉等幾位暢銷書作家，都曾把我的作品推薦給他們的出版社，可惜我因工作繁忙，沒有認真以對，以致辜負了他們的好意、錯失了出版的機會。現在我希望這本被親友們「千呼萬喚始出來」的散文集結，能表達我對他們的感謝於萬一，因為這一本《蝴蝶之歌》不但有我年輕時的天真無邪與少年輕狂，也包括了我在大江大海中翻滾以後的淡定與自在。

錯過了春花，還有秋月，也許我曾在寫作上，錯過了許多美好的機會，但這本晚來的散文集，給我帶來了「只有遲來才能感受到的幸福與快樂」。

最真誠的邀約：在你們看完本書以後，請到我的部落格來參看我為每篇文章提供的彩色照片與照相本，相信我的部落格會給你們帶來文章之外的視覺與立體享受。

我的部落格：http://blog.worldjournal.com/blog/2685938/，http://blog.udn.com/UnaKuan。

附文　蝴蝶人生

她不是一生出來就口含銀匙的寧馨兒，她是一個經歷了重重苦難，用心用血用汗創造出來的奇蹟。

她母親把她生在一片樹葉上，出生後父母雙亡，留給她的只有那片精心挑選的葉片，她從卵裏鑽出，長成一隻醜得可怕的毛毛蟲，有時身上連一根毛也沒有，光禿禿的蠕蠕而動，從樹葉到樹葉，不眠不休、貪得無厭的囓食。這時，她是一個令人嫌憎的流浪兒。

她悲苦的命運，從她出生的那一刻就註定了，她必須經歷一次又一次痛苦的蛻皮，才能長大。最怪異的是有一天，她突然要把自已緊緊的捆縛起來，綁成一個髒黃灰暗，相貌難看的蛹，在葉子背面隱蔽的角落，一動也不動的倒懸，像鳥糞，又像枯死的樹葉，醜得連鳥都懶得去理睬。

就在這紋絲不動的醜陋後面，一個驚天動地的變化正在悄悄地醞釀。在黑暗裏，她褪去難看的外衣，一點一點地羽化，直到翅膀豐滿，然後，她衝破外殼，脫去束縛，搧動著絢麗多彩的翅膀，撲撲而起，在風中翩翩起舞。

好一隻美麗的蝴蝶在窗外飛過！從小卵、毛毛蟲、到蛹，四十年來，她不斷地學習，不斷地自我突破，不斷地蛻皮，不斷地成長，現在她要退休了，在她的退休宴上，她感謝她的工作夥伴們，這麼多年來與她同心協力，合作無間，一次又一次地走過痛苦，克服困難，創造奇蹟。

現在時間到了，蛻化已經完成，她的責任已了，明天一退休，她就不再是卵，不再是毛毛蟲，不再是蛹，而是用了一生的心力蛻變而成的一隻蝴蝶。

吳序　破蛹而出的彩蝶

名作家／吳玲瑤

和張棠相識於洛杉磯，那時我們都剛剛起步寫作，發現她和我在文字上一樣頑皮，時有神來之筆引人共鳴，忍不住打電話和她聊得開心。後來見過幾次面，她說起話來總是那麼從容安詳，我對她溫婉儒雅氣質出眾的印象深刻。

後來卻不見她報上的身影，原來她找到好的工作，為正當事業打拚去了。出身臺灣大學商學系的她，是第一志願的高材生，學有專精多才多藝，文學是她另一項愛好，卻寫出了如彩蝶般繽紛的文字。

多年後再見，她送我一本詩集，原來在繁忙的朝九晚五的職業生涯中，她轉而寫文字精簡的風雅弦歌，運筆天真自然，情溢於辭，寫得很有心得，有自己的詩觀：「詩者，心也。有什麼樣的心，就會寫什麼樣的詩。」她的詩常見抽象而貼切的隱喻，常常出現意象新穎的句子：「歡情何其短暫／浮生何其匆忙／琴聲如水／輕輕飄流／流入穹蒼／乍抬頭／忽已是滿天星光。」「思念是無盡的天河／美麗的傳說」，「就在一個萬籟俱寂／漆黑無月的深夜／悄然飄下了／這一季最後的黃葉」。

轉眼到了退休，「我認為最好的退休生活，就是用自己的方式過自己的日子。」不知道是不是有人對她說：「妳一定要寫作，不然太可惜了。」所以她回歸她的文學愛好，過著猶如神仙般的快樂時光，津津有味地欣賞生活周遭的人和事，更能透視人情、人性及大千世界的萬花筒。

隨時出遊後作品大增，內容更廣泛，每篇遊記都兼擅寫景，敘事生動見解獨特，去過的地方真不少：洛杉磯流芳園、世界花園、賭城、紐約滑雪、夏威夷、溫哥華、臺大、清境農場、北京大學、澳門、安徽黃山、河南焦作、洛陽、開封、龍門石窟、北婆羅洲、沙巴雨林、哥斯大黎加、巴拉圭、秘魯、瓜地馬拉、馬雅遺址……等都有她的足跡。

愛好美食的她也不忘寫下唇齒留香的記憶：澳門葡式蛋塔、徽州美食、臺北小吃燒餅油條、榴槤、咖哩飄香、印度煎餅、瑪黛茶……等等，她都能吃出別人吃不出的味道。

喜歡創作的人，多半具備敏感多情的因子，她心思細膩愛花愛草愛小動物：蜂鳥、松鼠、蝴蝶、紫薇、蓮花、紫藤、錫葉藤、火焰花、黃蘭、山茱萸、櫻花、牡丹、黃鐘花……等，都在她筆下栩栩如生。她的文字簡短而乾淨，卻無限深遠，就靠著一枝婉轉而敏感的彩筆來描寫抒發，她精於觀察，深於同情，善於想像，由景生情，就情發論，娓娓動聽。

我尤其喜歡她巧思天成的幽默散文，把身邊的瑣碎平凡變得精采溫馨，自嘲與妙喻不斷，一個接一個，還沒笑完又來一個。〈從恐龍到孫悟空〉寫自己學電腦的經驗，「打起字來，十指糾纏，心不在焉，一錯再錯，我自已不急，可把我媽的頭髮都急白了。」說到打網球反敗為勝得了獎杯，「我強作歡顏，以『可樂』消愁之時，意想不到的事情發生了……這座錦盃得來不易，頗加珍惜，當然放在吾家客廳的『正』中心，生怕別人看不到，就是有粗心大意的親友視而不見，我也會以看胡克敏的牡丹畫為名，順便介紹我的錦盃。」詼諧地把尷尬的幕後搬到人們面前。「聽說北島要來，我臨時抱佛腳，上網查了他的資料，包括他的照片，所以一見到北島，我就『一見如故』了。」透過她的幽默、博學和內斂相互碰撞，撞擊出精采的人生經驗火花。

從她的文章中看見一個豁達歡喜的心靈，在平靜安詳的人生中，看見不尋常的鮮事，幽默感是人生中不可或缺的潤滑劑。她說自己愛寫作應該是天生的，祖輩世世代代讀書、寫文章、考科舉，「我想他們傳給我的DNA密碼裏面，一定包含了讀，也包含了寫」，從寫作中享受到無比樂趣：「邊學（電腦）邊寫，人在其中，如魚游，如鳥飛，逍遙又自在。」靈感只找有感應的人，做喜歡的事就能做得特別好，怪不得她能佳作源源不斷，映照出亦諧亦諷、莞爾雋永的生活哲思。

我們期待破蛹而出如彩蝶的張棠，將舞出更美更精彩的文藝與人生。

陳序　張棠和她的散文

北美洛杉磯華文作家協會顧問／陳殿興

孟子曾經詰問：「頌其詩，讀其書，不知其人，可乎？」司馬遷也曾經表達過這樣的意願：「余讀孔氏書，想見其為人。」於是後來人們便常說，讀其書想見其為人。這大概是讀書人的共同心理。我想讀者拿起這本書的時候一定想知道作者張棠是什麼樣的一個人。因此我這篇短序就從介紹張棠女士的一些基本情況開始。

張棠女士出身名門，其父是已故的臺北市警察局局長張毓中先生，曾經擔任過蔣介石總統侍從室警務組組長，著有《滄海拾筆》回憶這一段特勤生涯。她北二女中畢業，考入臺灣大學商學系國際貿易組；臺大畢業留學美國，入洛杉磯南加州大學攻讀工商管理，獲得碩士學位。後來留在美國工作，二〇〇七年自美國聯邦人口普查局退休，曾任該機構的洛杉磯分局主任（Coordinator），及人口統計資料專員（Information Specialist）。

我認識張棠女士已有多年了。我們是在洛杉磯德維文學協會的活動中認識的，後來又一起參加北美洛杉磯華文作家協會的活動。經常在一起討論寫作，推敲文字。張棠女士給我最深的一個印象是謙虛隨和，「敏而好學，不恥下問」。

由於她人緣好而且能力強，肯為大家辦事，曾被選為加州千橡市中國文化協會會長，創辦了現在叫《千橡》的雜誌。

她寫作很勤奮，是一位多產作家。從認識她開始，我經常看到她隔三差五就有新作發表。結集出版的有詩集《海棠集》。

她不但在各種刊物上而且也在網絡上發表作品，是「世界部落格——海外華文女作家文章大賞」之一員。二〇一一年被「臺灣本土網路文學暨新文學主義時代」提選為首批「臺灣本土網路散文作家」。

張棠女士常寫詩，但我覺得她寫得最多的是散文。跟眾多的其他散文作家相比，她的特點是筆耕的範圍非常廣闊，從回憶錄到遊記，從賞花到科普，幾乎是無所不寫，而且無論寫什麼，文筆都那麼曉暢優美，感情都那麼豐富充沛，因此，每篇文章都令人愛讀。她發表的文章，我幾乎每篇都讀過，有的我還在網上留下了讀後感。

讀她賞花的散文，我覺得好像跟著一位有藝術眼光的朋友閒逛。現實生活裏有很多美的東西，但我往往視而不見。經她一點撥，我才發現的確很美，於是就跟著欣賞起來。如臺灣野梨，洛杉磯到處可以見到，平時我並不在意，可是讀了她的〈臺灣野梨〉，我就恍然大悟，原來這種花這麼美！

讀她寫的遊記，我覺得好像跟著一位博聞強識的同伴旅遊。她去過的許多地方，我都沒有去過。她寫景狀物唯妙唯肖，讀起來就如同身臨其境一般。我不僅看到了當地的名勝古跡、風土人情，而且聽到了許多逸聞傳說和歷史掌故。如〈從瓜地馬拉歸來〉、〈澳門行〉和〈四月書香之旅〉等。

讀她寫的回憶性文章，我覺得好像聽好友聊天，她不僅講現在，也講過去，娓娓道來，妙趣橫生。如〈我的滑雪夢〉、〈火樹銀花過聖誕〉。

讀張棠女士的散文，我還有一點感受，那就是她的散文字裏行間充滿幽默感，這在女作家中間是很少見的，據她自己說是讀高中時受了國文老師張卜麻先生的影響。

最後，我還想提一提的是，她不僅文字功底深厚，而且攝影藝術也出類拔萃。她在網上發表的每一篇散文幾乎都搭配幾幅照片。絕妙文字與精美照片相得益彰，堪稱珠聯璧合！讀者如有興趣可到http://blog.worldjournal.com/blog/2685938/去欣賞。

總之，讀她的散文，我覺得是一種美的享受！

我相信，大家讀完她這本散文選集會有跟我同樣的感受。不信？不妨讀一篇試試。

作者簡介：陳殿興，翻譯家，北美洛杉磯華文作家協會顧問。曾任遼寧大學教授、中國譯協第二屆理事會理事、遼寧譯協榮譽會長。

李序　鄰居的祝賀

新竹清華大學電機系榮譽教授／李雅明

張棠女士的散文集《蝴蝶之歌》即將出版，問我是否能為這本書寫一篇序。張棠是我臺灣大學的學姐，在美國南加州我們住得很近，屬於同一個康谷千橡社區。張棠與她的夫婿關德松博士是我們多年的好友。由於住得近，來往機會多，相識相知已經有三十多年了。

張棠性格開朗，為人非常熱情，也很活躍。許多年前，張棠就獲得附近華人朋友們的信任，出任康谷華人協會的會長，對於一位女性來說，這在當年實在是很不容易的一件事。張棠接任會長之後，第一件要做的事情，就是想為社區的華人朋友們出一份中文通訊。當時個人電腦還剛上市不久，我正在努力學習中文打字，於是在張棠會長的交待與支持下，開始編起了現在叫《千橡》的《千橡通訊》。當年這份通訊只有短短的幾頁，後來在歷屆編輯的努力之下，現在它已經是一份內容豐富、印刷精美、一年出版兩期的正式刊物，也成為康谷千橡華人社區的精神食糧。這都是張棠當年的先見之明有以致之的。

張棠不但熱心公益，也是一位知名的女作家。她常常在報紙、雜誌上發表大作。張棠的文章與她的為人一樣，都是非常的開朗與風趣，讓你看到她的文章，就會看到一個性格開朗，笑口常開的人。她也有敏銳的觀察力，常能從我們日常生活中體驗出一般人不容易看到的面向，文章讀來令人覺得清新脫俗，而且又能從中獲得許多新知。近年來她又在網路上開闢新天地，她的部落格訪客現在已經超過幾十萬人次以上。除了是一位女作家，張棠也是一個才女，她會寫詩，也會作畫。前些年她曾經出版過一本詩集《海棠集》，凝聚了她真摯的情感。她又為她獻身家國的父親，整理出版了一本長達四百多頁的歷史傳記《滄海拾筆》，二〇〇九年由傳記文學社出版，極受好評。

現在張棠把她多年來所寫的散文，精挑細選出一些篇章，編成這本散文集《蝴蝶之歌》。她謙虛的說，這就像一隻美麗的蝴蝶，當初是經過了種種苦難以後，才從毛蟲蛻變為一隻逍遙自在的蝴蝶。但是我相信張棠本來就有寫作的天分，也熱愛寫作。這本書是她多年耕耘的結果，現在呈獻給大家。

我很喜歡讀她的文字，相信許多朋友也會發現，張棠的文章會給你帶來許多意想不到的樂趣。作為她多年的朋友，我非常樂意以這篇序言來向她祝賀《蝴蝶之歌》的出版。

朱序　海棠獨秀

名作家／朱立立（荊棘）

張棠和我是臺北二女中的同學，雖然不同班，甚至在六年中也不曾交談過一回，但是那年輕時代的共同記憶還是強烈有力的。所以，後來我們聯手創立了北二女中同學會，也發現彼此性情愛好都非常相似，就成了莫逆好友，一同相邀去中美遊玩，多次參加作家協會年會，平時交換文壇資訊。

張棠當年就性格爽朗明快，品學並茂，被老師和同學愛戴，是公認的出色領導人物。我們當初的沒有交往，過在於我，因為我當年自閉於個人天地，不善與人交往。後來我們都進了臺大，我在本校的農學院，張棠讀的是分校的法學院商學系，更是沒有見過面。巧的是，我們乘同一部飛機在一九六四的夏天赴美讀書，同時落在美國的西岸土地。

在這以後，我們分別為自己的學業和生活奮鬥，成了家立了業也有了幸福的生活。張棠從小喜歡書畫，自認血中有寫作的基因，在業餘不斷筆耕，從一九八三開始文章散見美國華文報章雜誌，並為美國西部社區編輯《千橡》雜誌，並在二〇〇一出版了她第一本詩集《海棠集》，收集約八十篇清馨的詩詞。

張棠從聯邦人口普查局退休下來後，更是勤奮寫作，把她父親張毓中留下來的回憶錄整理出來。這些追憶侍從蔣介石總統特勤生涯的敘述在《傳記文學雜誌》連續登載，接著《滄海拾筆》一書也由傳記文學出版社於二〇〇九年出版。此書有仔細的考證、歷史性的資料，和一些寶貴的相片，是一本備受各界重視的歷史文獻。可是張棠不以此為限，繼續創作，把近年的散文及少許以往的舊作收集在這本《蝴蝶之歌》中。

這本書分成五部：「四海遊蹤」、「歲月屐痕」、「花鳥怡情」、「浮生記趣」和「文字因緣」。三篇關於瓜地馬拉的介紹使我們對於這個國家的歷史古城，瑪雅的文化背景和廢墟，火山和它們造成的災禍，還有當地的咖啡農作有了一份了解。哥斯大黎加的敘述使我們和張棠同遊這個美麗的中美國家，看到生活純樸的哥斯大黎加人如何有世界上最高的幸福感；看來這個幸福感與物資生活無關，而來自恬靜的生活和自得其樂的人生觀。在〈春夢了無痕〉一文中張棠用幽默的筆調寫出多年前招聘員工的趣事。在〈海闊天空任我遊〉中，張棠寫出她寫作的因緣和歷史。〈我家蜂鳥〉、〈黃瓜〉、〈蝴蝶人生〉、〈鼠輩〉和〈聖誕紅的故事〉，使我們分享到張棠對於自然生物的多方面興趣，多姿多彩的家常生活，和帶有風趣的觀察力。〈道亦有道〉點出洛杉磯高速公路的世界三大奇蹟，讓我這畏懼洛杉磯交通的人讀得戚戚然。〈遙想北宋當年〉從歷史的角度去看北宋的文藝發展，歌舞昇平的偏安社會；使我們也想像到用當年的河南腔誦詠宋詞的情調。〈從恐龍到孫悟空〉談到電腦的急速進化，從體積膨大的巨無霸，資料需要打字，文件要秘書打字，到如今家中的電腦甚至掌中的小巧電話，不但可以指正文法拼字的錯誤，還可以上網與整個網絡結合。所以張棠也陷在部落格之中，樂不思蜀了。

我恭賀張棠出了新書。這位優秀出眾的同學，她不斷地努力創作，不懈地追求更高的境界，使我佩服不已。她真是獨秀枝頭的海棠花。

徐序　我的好朋友張棠

同學／徐潤蘇

我的好朋友張棠又要出書了。這是繼她二〇〇一年的《海棠集》詩集，和二〇〇九年整理出版了她父親張毓中先生的《滄海拾筆》巨著之後的又一本佳作。此書收集了她多年來已發表和未發表的生活散文，旅行記趣，人生有感的各種精采文字，並且配合了當時寶貴而至今珍藏的許多照片。紅花尚需綠葉來陪襯，所以可以說這是一本圖文並茂、賞心悅目的好書。

張棠和我是從臺灣北二女初中一年級到臺灣大學畢業，真正寒暑十年同窗共讀的同班同學，之後來美又同住在南加州三四十年，相知幾近一甲子。我們之間的相互了解，不可不說是知之甚詳了。她是一位好學、熱情、認真、勤快、急公好義、開朗，又勇於助人的人。所以，我們的友誼也因此能夠如此的長長遠遠。

每次在與朋友聚會互相交誼的場合，當我提到「我的朋友張棠如何如何」時，她的名字幾乎是無人不知無人不曉的。張棠除了文章寫得好，在書法、繪畫和攝影方面的作品也都成績非凡，她在洛杉磯參加過多次書畫展，都得到了行家們的讚譽。

談到她的文章，相信讀過的人都會同意它的流暢、精緻和精闢，不但言之有物，而且又是趣味和知識性的。近年來由於電子資訊的發達和普遍，我輩都能利用這些工具瀏覽各個中文媒體的網站和部落格，時常可以看到張棠發表的文章，相信諸位也都會認可我的說法。每次看過她的文章，我總是會想為甚麼她的觀察總是那麼細微周詳，能見到一般人沒有注意的地方。因此她的細密思想和許多有感而發的觀點都能在文章裏反映出來，同時，她的用字又極為恰當，像行雲流水一樣，可以一氣呵成，讓人讀起來非常順暢，樂意看完全文。

要用兩句話來形容我的好朋友張棠的話，我認為「多才多藝」和「秀外慧中」是最恰當不過的。讀者諸君一定可以從她的著作和書中所載的照片印證我的話所言不虛。

張序　姐姐的書

不辭拙筆禿，生涯勤紀錄
旅遊蹤迹遠，考證情趣足
港名媽祖閣，謎解天竺鼠
指路入寶山，莫笑野人曝

弟弟／張溪（張三）

目次

花鳥怡情

文字因緣

四海遊蹤

從瓜地馬拉歸來之一
——火山地震之國

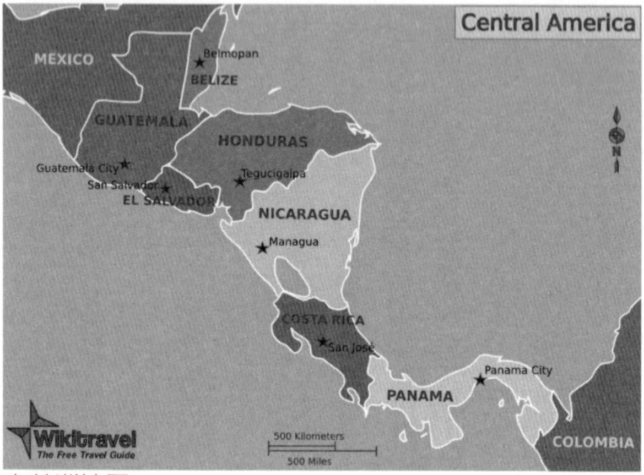

中美洲地圖

我對瑪雅（Maya）文明，嚮往已久。很早以前我就相信「天外有天」，曾經對幽浮（UFO）、外太空之類的書籍十分著迷，覺得數千年前瑪雅人（Mayan）在天文學上的成就，實在不可思議。更叫人奇怪的是，這個Maya古文明卻在西元九百年左右忽然消失不見了，一直到了十九世紀，瑪雅遺址才又一一被人發現。

去年三月初，我應同學朱立立（荊棘）與她夫婿白海諾教授之邀，去古瑪雅文化重鎮「瓜地馬拉」（Guatemala）看瑪雅遺址。在去了「瓜地馬拉」以後，我才發現瓜地馬拉這個國家和瑪雅遺址一樣的引人入勝。

瓜地馬拉，位於中美洲，北鄰墨西哥、東有貝里斯（Belize），南接薩爾瓦多（El Salvador）與宏都拉斯（Honduras）等國，面積不大，只有108,890平方公里，約為臺灣面積的三倍（臺灣面積35,980平方公里），卻有火山四百多座，目前被官方正式列為「火山」的有三十七座，這三十七座都是近千百來曾經爆發過的火山，其中Fuego（Fire）火山，特別活躍，每天不斷地冒著白煙，當地人民似乎司空見慣，不以為意，生活如常。

瓜國山多田少，處處崇山峻嶺，有趣的是這些山脈雖高雖多，卻不產鐵器，因為缺鐵，以前的人只能把像黑玻璃似的火山石削薄削尖，做成工具或武器。

火山之國必有地震，自古以來，瓜國地震之多，多得無以計數。Antigua是瓜國舊都，一七七三年毀於地震，瓜國只有遷都「瓜地馬拉市」。一九七六年，瓜國又發生了七點五級的強震，造成兩萬三千人死亡，七萬六千人受傷，一直到三十多年後的今天，地震的傷痕仍然隨處可見，許多過去華麗的教堂，現在只剩下殘垣斷壁。我們在瓜國短短的十天，就遇到了兩次地震：五點一級的那次，我們正好在路上奔波，沒有察覺；五點四級的那一次發生在半夜十二點，我們都被震醒了。

除了天災，瓜國還多人禍。自瑪雅文明消失以後，瓜國曾被西班牙統治多年，所以一般民眾說西班牙話、信天主教，但自一八二一年脫離西班牙統治以後，國家的政局就很不穩定。瓜國曾經隸屬墨西哥，又曾與中美洲各國成立中美洲聯邦，從一九六〇到一九九六年更發生了長達三十六年的內戰，造成了十萬人喪生，百萬人流離失所，一直到一九九六年以後政局才穩定了下來。

對一個面積小、火山多、地震不斷，政局長期不安定的國度來說，瓜國的人民有著難能可貴的樂觀。隨處可見的小販，不論是賣水果的、賣食物的，或賣手工藝品的，人人面帶笑容，勤奮有勁。可能是由於政府當局近年來種花植樹、美化市容的結果，幾個大城市看起來欣欣向榮，充滿朝氣，一點也看不出這曾是一個飽受戰亂，才安定了不久的國家。唯一使人感到有些「戰爭氣息」的，是一些站在街頭、身穿軍服、手抱長槍的「保安人員」。在別的地方，擔任這些工作的應該是警察，就算是武裝警察，別國的警察大概也不會手抱長槍（來福槍等）站立街頭吧！

瑪雅的文明消失了，但是瑪雅人並沒有消失，尤其在瓜國。瓜國人口一千兩百八十萬人，瑪雅後裔約佔一半，瓜國的官方語言是西班牙語，但是一些當地土著仍說著各種不同的瑪雅方言。瑪雅人精於編織（weaving），喜歡穿五顏六色的衣服上街，他們服裝的鮮豔，和中國的少數民族有些類似。

三月瓜國的氣候像洛杉磯，但也不盡相同。瓜國地近赤道，夾在加勒比海與太平洋之間，中部高地氣溫宜人，天氣極好。

瓜國東部，地近加勒比海，炎熱多雨，有著濃密茂盛的熱帶雨林。雨林中奇花異卉、鳥雀爭鳴、猿猴呼叫。大批「托生」植物，理直氣壯地托生在「別人的」樹幹上或樹枝間，搶盡別人風頭。想不到，人見人愛的蘭花，竟也是雨林中「喧賓奪主」的托生客。

瓜地馬拉地近赤道，沒有四季之分，只有乾雨季之別，每年十一月至五月是旱季，六月至十月是雨季。

三月在瓜國，四處果實纍纍，尤其芒果樹滿山遍野，粒粒青色芒果高掛枝頭，蔚為奇觀。但因氣候的不同，在洛杉磯五六月花開燦爛的巴西紫葳（Jacaranda），在瓜國已經花落滿地了，而「五月榴花照眼明」的石榴，卻正在瓜國枝頭，花枝招展，長著石榴。

註：二〇一二年十一月七日，瓜國西海岸發生規模七點四級強震，造成五十二人死亡。

從瓜地馬拉歸來之二
——瑪雅遺址

瑪雅，一個謎一樣的高度文明，在一千多年前，突然地消失不見了，但卻又留下了種種蛛絲馬跡，任人去猜測。更奇怪的是，今天的瑪雅後人，對祖先在數學、曆法與天文學上的成就似乎一無所知，他們的生活非常簡陋，一點也沒有高科技的痕跡，千年前的太空高科技怎麼會「不翼而飛」了呢？

從已出土的文物來看，古瑪雅人在數學、曆法與天文學上確有極高的成就，例如說，「一年365.242198天」是現代人用最新科技推算出來的數據，想不到瑪雅人遠在千年之前，就有「一年365.242129天」的紀錄，誤差之小，不能不叫人吃驚。

古瑪雅人最了不起的是發明了「零」，他們很早就知道用一點（代表一）、一橫（代表五），與「零」（像眼睛的符號），來表達繁複的數字，這種數字觀念和近代電腦「零」與「一」的「二進位法」非常類似，所以古瑪雅人很早就能用符號來表達「天文數字」了。

瑪雅遺址遍佈於中南美，其中最宏偉的三個古城是Tikal、Palenque和Copan。因為Palenque在墨西哥，所以這次我們在瓜國只去了 Tikal、Copan，及一個精美的小遺址Quirigua。Quirigua在舊都Antigua附近，以擁有世界最高大的石碑著稱，也就是傳說中刻有「天文數字」的石柱所在。

最大的Tikal已有兩千年歷史，是瑪雅古典期（西元三〇〇至九〇〇年）時代最大的城市，住宅區超過六十五平方公里，人口曾多達一二十萬，如今發現的遺跡有金字塔、祭壇、石碑等千座，是聯合國教科文組織認定的世界文化遺產，也是第一部《星際大戰》（Star Wars）電影的拍攝場所。因Tikal位於熱帶雨林，我們在觀看遺址的時候，也同時看到了各種奇花異卉與珍禽野獸。最有趣的是，看到高居樹頂的猴群，在枝葉間跳躍吼叫。一問之下，果真「猴」如其名，牠們就是有名的吼猴（Howler Monkey）。

Copan遺址不在瓜地馬拉，而在宏都拉斯（Honduras），拿美國護照的美國公民，去瓜國或宏國，九十天內都不必簽證，只要辦通關手續就可。宏國在瓜國之東，面積112,492平方公里，比瓜國略大（瓜國面積108,890平方公里），瓜宏兩國比鄰而居，兩國之間有著驚人的相似處：同樣地多山、多地震，同樣介於太平洋與加勒比海之間，同樣被西班牙統治過、曾隸屬墨西哥、是中美洲聯邦的一員、獨立後軍人獨裁多年，同樣地也是臺灣的邦交國等等。

宏國人口只有瓜國的一半（七百五十萬人），海岸線幾乎全部面臨加勒比海，所以飽受加勒比海颶風之苦。聽說宏國貧富懸殊，衛生條件差，人民生活困苦，我們住的旅館在宏瓜兩國邊界，旅館內遍種在夏威夷常見的海里康花（Heliconia），環境之優美，有如世外桃源，導遊所說的貧窮與落後，我們都沒看到。

Copan遺址以瑪雅「碑石雕刻」最為有名，其中最壯觀的一座神殿遺跡，共有六十三級石階，由下至上刻有兩千五百個瑪雅象形符號文字，是現存最完整的瑪雅文字資料。遺址中有一頗具規模的博物館，在諸多展示物品中，有一難得一見的「作家」石像，他一手拿筆，一手拿「硯」，作書寫狀，有緣能見到一位千年「老」作家，荊棘、白海諾，與我三位當代「作家」感動不已，爭相上前與他合影。

從瓜地馬拉歸來之三
——古城Antigua

Antigua（即英文的Antique）是瓜國西班牙殖民地時代的首府。從外表看來，這是一座四面環山、古色古香的小城，然而就在她美麗的外表之下，殺機暗藏，危機重重。西元一七一七年，Antigua發生了規模約七點四的強震，城中大部份的建築都被震毀。一七七三年又發生了一連串的大地震，把整個Antigua城夷為平地。當時的政府別無選擇，只好把首都遷往附近的「瓜地馬拉市」。

環繞著Antigua的高山，秀麗端莊，似乎在呵護著這座小巧多彩的古城，誰知她們都是蓄機待發的火山：第一座火山Agua（Water）於西元一五四一年爆發，土石流掩沒了當時的首都Ciudad Vieja城，引發了嚴重的大水災；第二座火山Acatenango在一九七二年爆發過一次，噴出了大量的火山巨石（vocanic bombs）與火山灰；第三座火山Fuego（Fire）是目前最為活躍的火山，正在不斷地冒著白煙，幸好Fuego只是一個喜歡搞「小動作」的火山，從未大爆發過一次。（Fuego火山於二〇一二年九月十三日大爆發，幸無死傷。）

現在的Antigua古城是在一七七三年大地震後重建的，一直到現在，殖民地時代的風貌依然保存完好，是聯合國教科文組織認定的世界文化遺產之一。一九七六年瓜國發生了七點五級大地震，Antigua雖然不在震央，但也受到波及，城中許多華麗的百年教堂，都被震得七零八落，只剩下了殘垣斷壁。

似乎是上天對Antigua有意的補償，Antigua有著四季如春、幾近完美的好天氣。午餐之後，我們在鋪著鵝卵石的小街上漫步，清風徐徐，陽光迷人，西班牙殖民地時代的純樸與溫馨，迎面而來。一個危機四伏、飽受苦難的小城，竟然可以如此地美麗，不能不叫人感動。

瓜國多高山，以產高山咖啡著名。在Antigua，我們參觀了一座咖啡莊園與咖啡博物館。「誰知杯中飲，滴滴皆辛苦」，從種植咖啡樹，到咖啡果成熟，再經過摘果，去皮、去汁、去殼、去衣、曬乾、烘焙等等冗長而精準的步驟，才能烘焙出香氣四溢的「好」咖啡來。

世界咖啡的生產，集中在中南美洲、東南亞與非洲等地，其中巴西的咖啡產量世界第一，佔百分之三十一；哥倫比亞與越南其次，各佔百分之十二與百分之十一；印尼佔百分之七點三，排名第四；瓜地馬拉在墨西哥與印度之後，排名第七，佔百分之四點五（以上為博物館之資料）。

咖啡來自咖啡豆，咖啡豆則來自咖啡果。我們在園莊中看到幾株咖啡樹，紫色的咖啡果看起來像櫻桃，吃起來也像櫻桃，但是味道較淡，有一種淡淡的香甜，果中的一粒核子就是咖啡豆。咖啡豆的種類極多，由於氣候、土壤、水份與品種等等的不同，而產生了不同種類的咖啡。至於什麼是「好」咖啡，博物館導遊的「專家之見」是：「只要是你喜歡的，就是好咖啡。」

咖啡豆之中，有一種可以說是「怪到了極點」的咖啡豆，這種豆是一種叫Civet cat的麝香貓，吃了咖啡果以後排泄出來的，聽說這種經Civet Cat麝香貓胃酸「洗禮」過的咖啡豆，味道很特別，所以價值不菲，每磅要賣到一百英鎊以上。

講到Civet cat，我老公眼尖，一眼就認出這Civet cat就是當年「SARS」的元兇「果子狸」。我後來上網查看，果真此貓即彼貓，此狸即彼狸，原來所謂的「果子狸」就是愛吃果子（水果）的狸貓。我同時也在網上看到一則令人欣慰的好消息：自「SARS（非典）」以後，中國人吃果子狸的人數已大為減少了。

瓜地馬拉遊到Antigua就結束了，十天來我們玩得既輕鬆又愉快，這不能不感謝旅行社的細心安排。他們講衛生、重情趣的旅遊方式，很合我們口味。他們安排的餐點清淡可口，住宿別致優美，不論住在湖邊或山間，我們都能在旅遊之餘，徜徉於湖光山色之間，享受大自然之美。

中南美之一
——安地斯高地的萬人迷

祕魯庫斯科市集中的Cuy

我第一次看到Cuy（音似中文的「圭」）是在秘魯，而且是在極其不堪的情況下見到的。

我們去馬丘比丘（Machu Picchu）回來，友人小威帶我們到印加古城庫斯科（Cusco）的菜場去見識。我一進菜場，就看到宰殺乾淨的「迷你乳豬」擺在地上，我隨口說了一句：「這裡也賣乳豬。」小威就馬上告訴我：「這不是乳豬，這是南美洲著名的Cuy。」

Cuy？我沒聽過，但等小威一說出牠的英文名字時，我就恍然大悟了，原來牠就是被人們用來做實驗的「白老鼠」（Guinea pig），也就是中文的天竺鼠，或荷蘭豬。Cuy是取牠

「cuy cuy」的叫聲。

Cuy原是安地斯高地（今秘魯、波利維亞，與厄瓜多爾）的野生動物，後因性情溫馴、乖巧易養就成了家畜。被人豢養以後，不必在野外辛苦拚搏的Cuy，慢慢地就變成了今天這圓滾滾、毛茸茸的可愛模樣。令人愛憐的相貌與溫和知足的性情，使牠們在離開了安地斯高地、走出南美洲之後，立即風靡歐美，進而享譽全球，成為人見人愛的萬人迷。在實驗室之中，牠們給人類帶來的福祉與貢獻，更使「白老鼠」三個字成為「試驗品」的代名詞。

Cuy繁殖極快，肉的營養價值高，是安地斯山區人們的珍饈美味，但價值不菲。其肉可烤，可炸，可煮，吃起來像兔肉。對沒吃過兔肉的人來說，牠的味道介乎於豬肉與雞肉之間，有點像鴨肉。在庫斯科，我們去一家高級自助餐廳用晚餐，在挑選食物時，我看到一群西裝革履的男子，圍著一道熱氣騰騰的菜餚，用西班牙語在低聲討論，忽然其中一人叫了出來：「這是Cuy！」我好奇地走了過去，選了一小塊嘗試，覺得吃起來像烤鴨，只是皮肉乾硬。「君子遠庖廚」何其正確，雖然美食當前，Cuy可疼可愛、叫人憐惜的模樣，使我坐立不安，難以下箸。兔年吃「兔」，情何以堪！

我最後一次看到Cuy也很意外。那是在秘魯首都利馬（Lima），我們去參觀有三百年歷史的大教堂The Franciscan Monastery。在教堂裡我們看到一幅《最後的晚餐》壁畫，這是數百年前當地畫家摹臨達文西的作品。因為教堂老舊，昏暗如古堡，我們遠遠望去，畫中的耶穌和十二門徒，與達文西的原畫大同小異，但當我們走近仔細觀賞時，發現畫中的人物與布景全都走了樣，換成了地地道道的秘魯風味，而放在餐桌正中央、耶穌前面的一道主菜，正是鼎鼎大名的Cuy！

Guy（Guinea pig）的身世之迷

Guinea pig雖名為「幾內亞豬」，但牠既非豬，也不是來自西非的「幾內亞」。牠的身世謎團重重，是諸子百家數百年來討論不休的話題。

首先，牠雖名為豬、為鼠，但形似兔，音如鳥。現代科學家說牠是嚙齒動物（rodent）家族中的「豚鼠」（又豬又鼠）。而牠人見人愛的模樣，與rodent家族中惹人嫌厭的老鼠，卻又天差地遠，難以並論。

其次，牠與西非幾內亞、荷蘭與天竺的關係撲朔迷離。依我（大膽）的推測，牠千奇百怪的名字，極可能是歷史上一連串「美麗錯誤」的結果。

自從一四九三年哥倫布發現新大陸以後，南美洲就成為歐洲各國爭奪不休的殖民地，Guiana（今天的圭亞那與蘇利南）一地就曾分屬歐洲各國，留下英屬、荷屬與法屬圭亞那等等的歷史名詞。南美Guiana（圭亞那）與西非Guinea（幾內亞）很可能因為名字相近，而混淆不清，以致Guiana pig（圭亞那豬）變成了Guinea pig（幾內亞豬）。

至於中國之所以叫牠荷蘭豬或天竺鼠，我猜也可能與殖民地時期的國際貿易有關：一、荷蘭豬：曾經佔領臺灣的荷蘭，是殖民地時代的國際貿易大國，Cuy很可能是由荷蘭商人帶入中國，所以叫「荷蘭豬」；二、天竺鼠：哥倫布誤以為他發現的美洲是東方的印度（古時稱天竺），Cuy也就成了從「天竺來的老鼠」了。（從以上的種種考證看來，如我們把Guinea pig翻譯成「圭亞那迷你豬」或「圭亞那豚鼠」，就可能清楚得多了。）

中南美之二

——南美「仙草」瑪黛茶

瑪黛茶茶筒

我平日只愛兩種飲料：濃郁的咖啡，與清香的綠茶。想不到這次我在南美洲，又發現了與咖啡、茶三足鼎立的第三種飲料——瑪黛茶（yerba mate）。

我第一次見人喝瑪黛茶，是在巴拉圭（Paraguay）的首都亞松森。我有眼不識泰山，以為那人是當地土著，在路邊吸水煙筒。後來我才知道，南美洲人的喝茶方式和我們不一樣：他們的茶不是「喝」的，而是「吸」的。

瑪黛茶是一種叫「巴拉圭冬青」（Ilex paraguariensis）的「草藥茶」。這種冬青（Ilex）只生長在南美洲伊瓜蘇大瀑布附近的熱帶雨林。據說這茶有提神安眠、通便減肥、降血脂、抗氧化等等的神奇功效，所以南美洲人稱它為「仙草」，是上天恩賜的神祕禮物。

南美洲人喝茶的歷史十分悠久，遠在西班牙人到南美洲之前，巴拉圭土著「瓜拉尼人」（Guaraní）就以瑪黛茶待客。他們傳統的喝法是將茶葉放進乾葫蘆（gourd）杯中，用熱水沖泡，然後與親友們一面聊天，一面把「葫蘆杯」傳來傳去，用同一根吸管「吸」茶。

現在的南美人喜歡用熱水（非滾水）沖泡瑪黛茶的碎葉與葉梗。沖泡之後，碎葉與葉梗浮在水面上，像灑了一層厚厚的碎木屑，所以還要借助「吸匙」濾葉去渣。這吸匙叫bombilla（西語），上半部有點像中國水煙筒的吸管，由銀或不鏽鋼等金屬打造，吸管的底端則有一個球形或半球形的茶匙，茶匙上的一些小孔，就是吸茶濾渣的工具。

巴拉圭人嗜茶，茶具也很講究。在亞松森街頭，提著「茶筒」招搖過市的茶客到處可見，賣瑪黛茶具的商店更如雨後春筍，無所不在。茶具中昂貴的，金裝銀製、寶石鑲嵌；一般用的，金屬、木竹、葫蘆、牛角等製作。其中我以為最特別、最具南美風味的，莫過於牛蹄或羊蹄製作的茶杯。

瑪黛茶在世界各地的健康食品店都買得到。現在世界上生產瑪黛茶最多、最有名的國家是阿根廷。在阿國，瑪黛茶被視為國寶，與足球、探戈、烤肉齊名。

初喝瑪黛茶，略帶苦味，多喝幾次，就可聞到一股茶葉的清香，久而久之，就好像在喝綠茶了。跟喝其他品種的茶一樣，我認為對從未喝過瑪黛茶的人來說，最好循序漸進，由少而多，慢慢適應。我現在每天只用一小撮茶葉，就已經感覺到瑪黛茶的清腸作用，至於以後會不會達到所謂的「輕體瘦身、美容養顏」的終極效果，則有待長期觀察。

瑪黛茶既有提神又有安眠的效果。一八三六年，達爾文在《小獵犬號之旅》一書中就曾提到：「營帳之外天寒地凍、風勢強勁，我喝了瑪黛茶以後，就睡了一個從未有過的好覺。」就在達爾文喝了瑪黛茶約二百年後的某一天，我也喝了瑪黛茶，我的經驗和達爾文差不多——晚上喝了茶，非但沒有失眠，而且還睡了一個好覺。不過瑪黛茶不是安眠藥，不會催我入眠，只是一旦睡著了，我就睡得十分香甜。

瑪黛茶是阿根廷男女老少都愛喝的飲料，據近代科學家分析，瑪黛茶含有一百九十六種天然元素，比中國綠茶所含的一百四十四種活性物質還多了五十二種，其中抗氧化成分佔了百分之五十以上，超過了法國紅酒與中國綠茶。

瑪黛茶真的那樣神奇嗎？有沒有什麼禁忌或副作用呢？我衷心地希望醫學界的學者專家們，能提供更多更好的科學資訊，供我們參考。

當今之世，美國嬰兒潮的嬰兒已經開始步入老年，在血壓、血糖、膽固醇「三高」當道、談「肥」色變的二十一世紀，誰不想無病無痛、身輕如燕、青春永駐呢？

中南美之三
——世界最快樂的國家

Costa Rica的露天溫泉

什麼是快樂？見仁見智。根據英國「新經濟基金會」（New Economics Foundation）最新公佈的幸福指數，中美洲的哥斯大黎加（Costa Rica），奪得二〇〇九年「世界最快樂國家」的桂冠。我有幸於今年（二〇一〇年）三月，去哥國賞花觀鳥，得以親身體驗了「世界最快樂國家」的「快樂」。

哥國天氣溫和，土壤肥美，雨水豐富，是「種什麼就長什麼」的天之驕子。國家沒有軍隊（憲法規定），城中沒有摩天高樓，蘭花、海里康、天堂鳥與其他數不清的千花萬卉，在街頭爭奇鬥豔。蝴蝶花間飛舞，百鳥枝頭高歌，鸚鵡、大嘴鳥（toucans）、巨型烏龜、毒蛙、猿猴等等珍禽異獸，無不引人入勝，逗人喜愛。人到哥國，看花看鳥看大自然，輕鬆自如，返璞歸真，所有的生活壓力與世間煩惱，就會在突然之間隨風而去了。

哥國多火山，有火山處必有溫泉。我在臺灣與日本都泡過室內溫泉，但著泳衣在哥國泡露天溫泉，則是另一種享受。溫泉之水有如小溪，由上而下，緩緩流去，十來個奇石堆疊而成的小池沿溪而立，池邊花木圍攏如幕幔，人泡在宜人的溫水之中，「溫泉水滑洗凝脂」，從午後、黃昏到年輕的夜，星星開始在天空閃閃點點，迷人的熱帶風情，有說不出的溫柔與浪漫。

拉丁民族有聽其自然、知足常樂的天性。在哥國，我看到人們飼養的雞，在後院優閒漫步；我看到菜場上賣的菜，是沒有灑過農藥的有機蔬果；我看到哥大植物園中的奇花異草，自然生長，蟲洞處處；我也看到一再被地震震毀的教堂，被改造成美麗的「廢墟花園」……原來是這種聽其自然的人生態度，使他們知足常樂，也使他們保護了地球的自然生態。

自我從哥國回來，我開始感悟到「新經濟基金會」的苦心，他們獨具慧眼，從健康長壽、環保意識與人民對生活的滿意度來詮釋「快樂」。哥國人長壽（平均七十八點五歲），教育水準高（識字率百分之九十四點九），與大自然和諧相處，對自己生活滿意，所以在世界快樂的排行榜上拔得了頭籌。

有趣的是，就在這同一張成績單上，令人嚮往的美國，卻並不快樂，在全球排名第一百一十四名。我想這也許就是到「世界最快樂國家」去旅遊的人，以美國人為最多的原因吧！

與榴槤有約

那天我們去沙巴雨林看長鼻猴，在一個水果攤前休息。這個水果攤不大，但水果種類繁多，其中有很多是我以前沒見過的，我看得新奇，就拿著照相機去拍照。

水果攤突然靜了下來，剛才還跟我一樣走來走去、四處閒逛的同學，一下子全不見了。附近只有一兩個本地人在優閒地挑選水果，老闆娘神色自若地在水果堆後面忙來忙去，我既沒看到我的老公，也沒看到他的同學，他們會到哪裡去了呢？

其實他們並沒有失蹤，他們正在一個角落，神祕兮兮地竊竊私語。還沒等我會意過來，管財務的小宋就走了過來，小心翼翼地問我：「要不要吃榴槤？」

榴槤（榴蓮、Durian）有水果之王的美譽，以極強烈的「臭氣」著名。許多人一提起榴槤就會掩鼻叫臭，說有貓屎臭，但也有人嗜之如命，愛之若狂。我老公就告訴過我，有些沙巴土人「當了褲子（沙籠）也要吃榴槤」。

我對榴槤確有一點點的好奇，但還沒有好奇到要「買回來吃」的程度。現在看到老公同學們的小心謹慎，我不禁莞爾，他們一定以為我這個「臺灣媳婦」不敢吃榴槤吧！當然不能叫他們失望，我決定接受挑戰，爽快地回應：「要！」小宋一聽，馬上眉開眼笑，回過頭去，對著正以熱切眼光望著我的同學們大聲地宣佈：「她要！」

榴槤個子大，皮厚，表皮上還有一大粒一大粒凸出來的尖錐硬刺，好像很難剖開的樣子。老闆娘顯然是解剖高手，她熟練地拿出一把大菜刀，俐落地從蒂頭處劃下四道長刀口，再順著刀口，用力地往下一掰，立刻，「香」氣四溢，一瓣瓣黃色的榴槤果肉就出現了。

我從中拿出一瓣咬了下去，頓時覺得黏糊糊的果肉肥美「香」甜，口感極佳，「異常」地好吃。這獨一無二、天下無雙的味道，還真不好形容，對喜歡的人來說，它是「香醇如蜜，軟滑如膏」。在我看來，它是一種奶油，黏稠黏稠的黃，像芒果冰淇淋。至於氣味，它跟我熟知的任何「香」或「臭」都對不上號，只能說是「別有滋味」吧。

果肉一吃完，我也隨著榴槤饕客，把吃剩的褐色大果核，瀟灑地往野地裡一扔，就在這份瀟灑的後面，我突然看到了榴槤的神奇和果王的創意。

榴槤的個子高大雄武，外面包裹了一層如「銅牆鐵壁」似的尖錐粒，確有一副刀槍不入、萬夫莫敵的王者之風。但在果實成熟之後，榴槤就「完完全全地變了一個人」——它自動地從蒂頭處裂開，先以精心調配的「迷香」引君入甕，再用惹人憐愛的蛋黃顏色誘你嘗試，最後「香甜濃稠」的果肉一擁而上，把我們的味蕾團團圍住，一向嬌貴挑剔的味蕾自此陷入迷魂陣中無以自拔。

就在我們還為榴槤的香或臭爭論不休的時候，被我們扔掉的果核，早已經靜悄悄地，在陽光與雨水的滋潤下，落地生根了。

有人說「榴槤」就是「留戀」，愛吃榴槤的人一定會流連忘返。我的老公就是因為少年時隨父母到北婆羅洲居住，在沙巴有過一段快樂的中學時光，所以至今仍念念不忘，時時回顧。現在他的同學，見我吃榴槤吃得津津有味，都鬆了一口氣。我想他們一定知道，果核一扔，我就與榴槤有了約定，不久的將來，一顆顆碩大無比的榴槤果，就會在沙巴的大地之上，用迷人的香氣頻頻呼喚我。

咖哩飄香

對烹飪不具慧心的我來說，咖哩雞是最容易討好又最不容易出錯的一道佳餚。我只要在鍋中放進雞塊、咖哩粉與少許鹽、糖，稍煮片刻，再加入馬鈴薯，用小火燉一燉，不到一小時，一鍋香噴噴、黃澄澄、浮著些許紅油的咖哩雞就可以上桌亮相了。

多年前，我有一位老美鄰居在電視臺主持家政節目，她最喜歡送我自磨咖哩粉，而且每次咖哩粉的口味都不一樣。據她說，咖哩是由多種香料磨研而成的香料粉，所以可以自行調配。可惜我不懂精緻美食，做她鄰居多年，我只喜歡中國超市的印度咖哩，實在有負她年年贈我咖哩的美意。

然而最近我去北婆羅洲沙巴參加同學會，意外地品嚐到不同的咖哩餐點。沙巴是一個華人、馬來人、印度人等多種民族融洽共生的地方，當地的咖哩文化自是各個民族融合產生的美食精華，無論番茄咖哩、洋芋咖哩、洋蔥咖哩、椰汁咖哩，咖哩麵點等等，無不令人齒頰留香、回味無窮。

在我離開沙巴之前，我特別向餐館大廚要來他們的咖哩品牌，以便回家烹煮南洋料理。我老公看我要買咖哩粉，就告訴我，他表哥送來的沙巴土產之中，有好幾包咖哩粉，雖不是大廚推薦的品牌，但每包色澤深褐飽滿，一看就知是上等咖哩。老公還說：「表哥久住沙巴，一定知道什麼是當地最好的咖哩。」

回到洛杉磯，我把沙巴咖哩粉拿出來，開始煮我最拿手的咖哩雞。我才把包裝袋打開了一個小口，立刻有一股咖啡香氣撲鼻而來。我想畢竟沙巴是一個多元文化交融的地方，什麼樣的排列組合都有可能，這一定是另一種我從未聽過的咖哩吧。

我把咖哩粉倒入鍋中，一面驚嘆異國風味的神奇，一面又為濃郁的咖啡香味迷惑不解，突然靈光一閃：「難道……？」我馬上把咖哩袋拿來仔細觀看，果然不出我之所料，在一大堆我不認識的「馬來文」中，幾個金色的中文字跳了出來：「咖啡粉。」原來我們錯把「咖啡」當「咖哩」了。

老公在旁邊聽到了，立刻趕過來，一面拿著咖啡袋左看右瞧，一面帶著不相信的口氣喃喃自語：「明明是咖哩，怎麼會變成咖啡了呢？」為了不想讓他太難過，我就安慰他說：「沒關係啦！咖哩本來就是由各種香料綜合而成的，我們不如將錯就錯，創出『咖啡咖哩』吧。」

雖說是安慰言語，卻真有幾分道理。如果追究起來，當今的許多美味，確實是過去的「美麗錯誤」。如今這「咖啡咖哩」也許錯得非常離譜，但說不定有一天也會變成明日之星，成為老饕們最愛吃的一道美食呢。

咖哩小傳

咖哩（curry）起源於印度，但curry一詞卻是英國人的發明。英國在統治印度時期，曾將各式「香辛料組合」的料理統稱curry，以後curry一詞也就隨著英國殖民地的足跡，遍及全世界。

因為咖哩辛辣，一般都以白飯拌食。這次我在沙巴嚐到「咖哩雞配印度煎餅」的吃法，口味雖大不相同，卻也別有滋味。「印度煎餅」的原文是Roti canai（Roti是印度語的bread），是一種像蔥油餅的麵餅，又香又脆，好看好吃。南洋料理中的咖哩，是飲食的精華，一般比較辣，常與魚露、椰奶、蝦醬等一起調味。

咖哩是由多種香料混合而成的調料，可以自行調配。自製咖哩粉不難，網上就有各種香料調配的食譜。我特意看了一下我常用的印度咖哩粉，標籤上面所列的香料基本上也大同小異，計有：咖哩葉（curry）、薑黃（trumeric）、辣椒（chili）、芫荽或香菜（coriander），小茴香子（cumin seed）、肉桂（cinnamon）、丁香（cloves）、月桂葉（bay leaves）、牙買加胡椒（allspice）……等等，都是我們廚房中常見的香料。

在這許多香料之中，最重要的當推薑黃。薑黃（curcuma longa），又叫turmeric，是一種薑花植物的根莖，外表像生薑，裡面呈深黃色（就是咖哩的顏色）。薑黃是南洋料理中常用的香料，但它也是一種中藥材，有降血脂，抗腫瘤、抗炎、利膽等作用。近年來，人們發現在常食咖哩的印度與新加坡，罹患「老人癡呆症」的人數比例，比其他地區（例如美國）低了許多，所以咖哩與薑黃，目前被認為可能是防止老人癡呆症的良藥。

薑黃的薑黃素（curcumin），現在是醫學研究的新寵。除了老人癡呆症（阿茲海默症）之外，研究人員也在研究薑黃素對癌症、糖尿病、高血脂、心臟病、關節炎等病的療效。

徽州美食
——徽菜

在中國的八大菜系當中，我最不熟悉的當數徽菜。最近我去了黃山，走過徽州，才知道所謂「徽菜」並不是泛指安徽省的菜，而是特指「徽州」地區的菜餚。

徽州位於安徽省最南端的黃山山麓，與浙江、江西兩省接壤。這一帶山高田少、地小人多，戰亂時是北方士大夫南來避難的桃花源。然而也就因為山地偏遠，營生不易，徽州子孫只有背井離鄉，外出經商，徽菜，也就隨著徽商的足跡，傳遍了中國。

俗語說：「靠山吃山，靠海吃海。」在群山圍繞的徽州，食材當然是以山珍野味為主。野菜中，我最愛吃竹筍。新鮮的雨後春筍，無論涼食熱煮，無不清甜可口，百吃不厭。

「蕨菜」是我以前沒吃過的。我曾在九華山見人坐在路邊，折選蕨菜尖端的嫩尖當晚餐。後來我也吃到了「炒蕨菜」，覺得有點像空心菜，但比空心菜清脆爽口。

至於野味，我有幸嚐到「石雞」與「甲魚」兩種山珍。石雞形似蛙，味如雞，因生活在山澗溪流的石洞內而得名。甲魚又叫鱉，我以前見過，但不敢下箸。這次在主人的鼓勵下，吃了一小塊紅燒「裙邊」，想不到甲魚肉豐腴肥美，香甜滑膩，嚼勁極佳。

徽商家族重讀書，文化底蘊深厚，徽菜也以講究火候的燉、煮、蒸為主要的烹調方法。我在一家叫「徽之炖」的餐館裡，見識到徽菜的「燉」功。

這家餐廳為了突顯燉功，特別在進門處設有一排特大號燉鍋，鍋中不斷地燉煮著各種不同的徽州家常菜（如紅燒肉、油豆腐煲等）。客人來用餐時，服務員就將大鍋中的燉菜舀到小砂鍋中，再將砂鍋放在桌上的小爐子上，供客人食用。

那天我在「徽之炖」吃到了久違的蛋餃。蛋餃是我外婆與我媽常做的拿手菜。做蛋餃很麻煩，先要找一個深口的小鐵勺，放一點油，油熱了倒進蛋汁，在炭火上慢慢地攤成蛋餅，略凝後加入肉餡，再對折成蛋餃。這是一道功夫菜，我的手藝極差，只會吃不會做，那天忽然吃到「外婆與媽媽的味道」，感到特別地溫馨與美味。

最後，我特別要提一下徽州火腿。在徽州，似乎家家戶戶都會醃製火腿。我以前只聽過「金華火腿」，現在更進一步，聽到「金華火腿在東陽，東陽火腿在徽州」的說法。這次在徽州旅行，我們確常吃火腿，最難得的是吃到了「火腿燉甲魚」的這道徽州名菜。

遙想北宋當年
——開封與清明上河園

到了開封，不能不想到一千年前的宋朝，北宋的都城「東京汴梁」（汴京），就是今天的開封。

宋朝是中國朝代中的一個「另類」，是一個被人垢病、積弱不振的朝代，但北、南兩宋合起來，卻也維持了三百一十九年之久（西元九六〇年至一二七九年），比唐朝多三十年，比明清兩代各多出四十幾年。所以我們也不能小看一個武力不強的朝代，宋朝有宋朝的生存之道。

宋朝生存的環境並不單純，近百年的戰亂（五代十國）結束了，留下了許多後遺症，其中最頭痛的是強敵壓境、長期受到西夏、遼、金等民族的武力威脅。宋朝重文輕武，對打仗沒興趣，歷代皇帝用了大量的金銀玉帛來換取和平。說來有趣，也就是因為用了這種息事寧人、沒什麼出息的「銀彈」政策，反倒暫時換來天下安定、都市繁榮、社會富裕，使宋朝的繪畫、文學、藝術、科技都達到了一個新的高峰。

宋太祖趙匡胤也是開國皇帝中的異類，他統一天下以後，並沒有像許多開國皇帝那樣大殺功臣，他聰明地採用了「杯酒釋兵權」的高招，利用兩次軍中夜宴的機會，勸將領們「多積金帛田宅以遺子孫，歌兒舞女以終天年」，輕而易舉地削減了軍人勢力，集大權於中央。

聽了太祖「歌兒舞女以終天年」的勸說，再加上後來繼位的幾位皇帝都是業餘的「音樂家」，汴京城中歌舞昇平，一片歡樂。宋朝的風氣自由開放，首都汴京沒有門禁，夜夜燈火輝煌，笙歌處處。當時的權貴，有的流連曲坊，有的競蓄聲伎，自己更在宴會及各種場合中「競相填寫新詞」。

就在這樣優渥肥美的環境中，宋詞這株文學的奇葩，自然而然地開出了燦爛耀眼的花朵。晏殊、歐陽修、柳永、晏幾道、蘇軾、秦觀、周邦彥、李清照、辛棄疾、姜夔、吳文英、張炎等等，一個接一個，在詞壇上紛紛出場亮相。他們的作品，有的多情，有的纏綿，有的豁達，有的豪邁，有的深沉，有的靈秀，有的抽象，有的朦朧，看得人眼花繚亂，目不暇給。

在萬籟俱寂的夜晚，偶爾翻開宋詞，讀到柳永的〈雨霖鈴〉：「都門帳飲無緒，留戀處，蘭舟催發，執手相看淚眼，竟無語凝噎。」或是晏幾道的〈鷓鴣天〉：「從別後，憶相逢，幾回魂夢與君同。今宵剩把銀釭照，猶恐相逢是夢中。」千年前詞人的濃情真意，竟穿越了時空，躍然紙上，似乎墨汁猶未乾透。

「今宵酒醒何處？楊柳岸、曉風殘月。」（柳永）宋代詞人當中，我最同情柳永。柳永是一個音樂天才，他不但能按曲寫詞，也能就詞改曲，所以他寫的詞特別動人好聽，作曲家（樂工）有了好的作品，都爭著要他寫詞。「凡有井水處，即能歌柳詞。」柳永可以說是宋仁宗時代的歌壇天王，然而他卻受盛名與俗名之累，一生潦倒。

「詞」就是歌詞，是可以隨著曲調歌唱的，所以詞的旋律一般婉轉動人。柳永精音律，他的詞讀起來格外好聽。我曾用我的「普通話」誦讀柳永的〈雨霖鈴〉，總覺得韻味不足，一直想聽「原味」朗誦。

柳永是福建崇安人，在汴京長大，在汴京成名，我想他應當是以河南話的腔調寫詞。到了鄭州，在河南作家協會的安排之下，我終於聽到了用河南話腔調朗誦的〈雨霖鈴〉，果真韻味濃郁，比我的普通話有味多了。但當時也有作家提醒我，說我聽到的並不是原汁原味的河南話，北宋時的河南話，早已流失在外，恐怕只有到粵語、閩南語與客家語中去找尋了。

正如眾所周知，黃河是一條非常潑辣、沒有定性的大河，水災一個接一個，開封地區首當其衝，黃河的水位甚至高過開封（目前水位高出六至九米，是靠黃河沖下來的泥土自然堆成的堤岸把河水擋在外面）。舊日的汴京，就因河水多次氾濫，早已淹沒於黃河河底，北宋當年的繁華當然也就石沉大「河」了；幸虧宋徽宗時的國家畫院畫師張擇端繪了一幅《清明上河圖》長卷，才讓我們在千年之後，仍能一睹當年汴京的富庶與繁華。

（經近代專家考證，《清明上河圖》的原本現藏北京故宮博物院。藏於臺北國立故宮博物院的，是清代五位畫家根據歷代各種版本重新繪製的「清院本」。）

《清明上河圖》描繪了清明時節，北宋汴京及汴河兩岸的風光，其中最精彩的部份是城中市井小民的生活，形形色色，栩栩如生。今日開封的清明上河「園」就是參照清明上河「圖」建造的宋城，當地民眾可付租金，自行打扮成宋人模樣，模仿圖中的販夫走卒，在園中經營各種小買賣。園中最受歡迎的人物當推潘金蓮，她所到之處，都會引起一陣騷動，男士們會情不自禁地上前與她合照。園中也安排了拋繡球、馬球比賽，以及鬥雞等等宋人民俗，供人觀賞。在園中玩一回、走一遭，就好像進入時光隧道，走入畫中，做了宋人。

註：據今人考證，《清明上河圖》所描繪的並不完全是清明時節的情景。

龍門石窟

龍門石窟盧舍那大佛

龍門石窟位於洛陽南郊、伊水兩岸的山崖上，因伊水從兩山之間流過，有若門闕，所以古時此處被稱為「伊厥」（伊闕），到了唐朝以後，才漸漸被人們稱為龍門。

龍門石窟開鑿於北魏孝文帝時期，至今已有一千五百多年的歷史，西元二〇〇〇年時被列為世界文化遺產，與甘肅敦煌莫高窟、山西大同雲岡石窟，並稱為「中國三大石刻藝術寶庫」，現存窟龕兩千多個，佛像十萬尊。

據專家考據，龍門石窟的窟龕（石窟與小洞龕），為數極多，曾高達十萬個，為各石窟之冠。不幸經過了一千多年的天災與人禍，大多數的窟龕，現在都已殘破不全了。

現在最值得一看的是唐代石刻藝術的代表

位力士則站在最外面，一左一右地護衛。

「盧舍那神龕」。這是一個露天神龕，神龕中九尊大佛以「一佛、二弟子、二菩薩、二天王、二力士」的佈局，一字排開，也就是盧舍那端坐中間，阿難（釋迦牟尼弟子）與文殊菩薩立於左，迦葉（另一弟子）與普賢菩薩立於右，二位天王與二位力士則站在最外面，一左一右地護衛。

盧舍那是龍門石窟中最大的佛像，刻於唐高宗咸亨三年（西元六七二年，也有人說是龍朔二年，西元六六二年），也是石窟中藝術水平最高的雕像。一九七一年時此大佛曾被大整修過一次，二〇〇七年又做了面部清理，所以今天的盧舍那看起來慈眉善目，寶相莊嚴，風采如昔。

盧舍那（梵文Vairocana），原出自《華嚴經》，是釋迦牟尼的別稱；也有人將「盧舍那」譯為「光明普照」。龍門的盧舍那大佛，方頤廣額，修眉長目，嘴角微微上揚，慈祥中帶著威嚴。也許因此佛雕於唐高宗時期，皇后武則天又捐二萬貫脂粉錢以襄盛舉，所以很多人認為盧舍那是比照武則天的容貌雕琢的。更有人穿鑿附會，說武則天給自己取名為「曌」（音照），意為「日明當人」，和盧舍那的「光明普照」，兩者在意義上十分相近，因此推論盧舍那就是武則天等等。不管這些說法是真是假，都不外是美麗的傳說，我們也就姑妄聽之吧！

除了盧舍那，我們在石窟前面看到「皇帝禮佛圖」與「皇后禮佛圖」的簡易摹本，當時不以為意，未加重視。後來我無意中看到真跡照片，才知道這被合稱為「帝后禮佛圖」的浮雕，已有一千五百多年的歷史，雕刻得人物豐富，層次分明，是浮雕中的精美傑作。

原來在漢唐之間，中國經歷了三百多年的漢、胡民族大融合（史稱五胡亂華）。北魏是「五胡」中的鮮卑族，原姓拓跋，自孝文帝（拓跋宏）建都洛陽後，著漢服，改漢姓（他自己改姓元），積極推行漢化，對胡、漢民族的大融合有極大的貢獻。在他過世後，他篤信佛教的兒子宣武帝，建賓陽洞於龍門，為父母祈冥福。

賓陽洞中的《帝后禮佛圖》是中國古代浮雕的重要作品，後被盜鑿，賣到美國。現在「帝后禮佛圖」分藏於兩個不同的博物館：《北魏孝文帝禮佛圖》藏於美國紐約市藝術博物館（The Metropolitan Museum of Art, New York, New York）；《文昭皇后禮佛圖》則另藏於美國堪薩斯市納爾遜藝術博物館（Nelson-Atkins Museum of Art, Kansas City, Missouri）。

註：《文昭皇后禮佛圖》賣到美國時已殘缺不全，後經納爾遜藝術博物館的專家四處收集殘片，再按原浮雕的拓本，拼湊修補而成今日博物館中之《文昭皇后禮佛圖》。

河南焦作雲臺山

雲臺山位於河南焦作修武縣（在鄭州西北近山西省），是一個新開發的旅遊景區。雲臺山的發現與推廣，當歸功於曾任焦作市市委書記的秦玉海。秦玉海喜好攝影，在擔任市委書記期間，他常去雲臺山拍照，並舉辦了一場「焦作山水國際攝影大賽」，從此養在深閨人未識的雲臺山，走上了世界舞臺，在二〇〇四年初被聯合國教科文組織列為首批全球「世界地質公園」。

紅石峽與潭瀑峽

從地質風貌、自然生態到人文景觀，雲臺山是一個多元多樣的風景區，其中以「紅石峽」與「潭瀑峽」最為有名。

「紅石峽」與「潭瀑峽」雖同以「峽」為名，但這兩峽的自然景觀卻大相逕庭。「潭瀑峽」是小溪穿流而過的一個峽谷，峽谷之中，三步一泉、五步一瀑、十步一潭，奇石滿佈；而「紅石峽」則是「東亞裂谷」體系中的一個「裂谷」，是以紅石、高山、峽谷、溪流，和飛瀑流泉所構成的地質奇觀。

「紅石峽」地貌奇特，裂谷既深又長，是雲臺山山水精華之所在。一裂為二的峽谷之中，上有千仞紅石，下有淙淙流水。在裂谷一邊的石壁半山腰，沿著石壁，有一條彎彎曲曲的羊腸小道，供人行走。人走在小道之上，一面可以俯視變化多端的谷底溪澗，一面也可以仰觀對壁千姿百態的飛瀑流泉。

我們去的那天正逢週末，「紅石峽」遊人如織；羊腸小道有幾處特別狹隘，僅容得一人通過，而當天的遊客卻成千上萬，我們在大批人馬的「前呼後擁」之下，不但有時拍照需要「搶拍」，就連觀看風景，也得使出渾身解數，不時地要從人頭之後，探頭「搶看」。

竹林七賢

雲臺山也以「竹林七賢」著名。在三國以後的魏晉時期，因為天下戰亂不已，一般士大夫開始逃避現實，崇尚清談。其中有一批有道德、有學問的「名士」，曾經隱居雲臺山，過著返璞歸真、自由放浪的生活，他們就是歷史上的「竹林七賢」。後來這七人因政治理念的不同，各奔前程去了。在這七人當中，以大文學家、音樂家「嵇康」最為有名，他不願入仕司馬昭，在洛陽城外開了間鐵匠鋪打鐵，他的好友山濤（山巨源）在朝中做大官（尚書吏部郎），勸他到朝廷當官，他不但拒絕了，還寫下一篇著名的〈與山巨源絕交書〉，埋下了他日後被司馬昭殺害的伏筆。

有人說竹林七賢，衝破了名教與思想的束縛，對後世的影響，可以和西方的文藝復興相比美。身為二十一世紀的凡夫俗子，我回看這七位「賢」士，覺得他們是一批思想奇特、行為古怪的學者。余秋雨教授曾寫過一篇〈遙遠的絕響〉（《山居筆記》），對竹林七賢的「怪異」，有極生動的描寫，是值得一讀的好文章。

茱萸峰與茱萸

高一千三百零四米的「茱萸峰」是雲臺山的主峰。「茱萸峰」因唐朝詩人王維而有名。王維寫過一首〈九月九日憶山東兄弟〉的名詩：「獨在異鄉為異客，每逢佳節倍思親；遙知兄弟登高處，遍插茱萸少一人。」說的是陰曆九月九日重陽節，古人臂上佩帶「茱萸囊」，爬山登高，以懷念親朋好友的習俗。

因為王維的詩，我自幼就知「茱萸」之名，卻一直無緣相識。我曾在美國紐約Rochester住過九年，每到五月，園中粉紅色的狗木（Dogwood）花開極美，令人屏息。我查過字典，字典上dogwood（狗木）的中文翻譯就是「山茱萸」。然而這次陰曆九月，我在雲臺山上，並沒看到狗木，那「茱萸」會不會另有所指呢？

回來後，我在網站（www.tulaoer.org）上看到，中國茱萸與美國狗木分屬兩個不同家族，中國茱萸屬於Elaeagnus「胡頹子」科，而美國狗木屬於Cornaceae「山茱萸」科。也就是說，美國狗木雖屬於「山茱萸」科，卻不是中國的茱萸。那麼，什麼是茱萸呢？

「茱萸，又名越椒、艾子，是一種常綠帶香的植物，具備殺蟲消毒、逐寒祛風的功能。木本茱萸有吳茱萸、山茱萸、食茱萸之分，都是著名的中藥。」（百度百科）

在搜尋茱萸資訊的時候，我意外的在網上看到一則有趣的消息，說是上海民俗學會會長在重陽節的電視節目中，想以一株茱萸烘托氣氛，結果卻遍尋無著。同樣地，一群上海的年輕人到公園和植物園中四下尋找，也失望而歸。原來，想看茱萸的還不止我一個！由是我想，如果我是雲臺山管理局，我一定會在茱萸峰上遍植茱萸，然後邀請所有「王維」的粉絲到茱萸峰來過重陽節。

從洛陽關林談關公

關林，簡單地說，就是關公關雲長的墓地。

說到關公，不能不使人想到粵語名言：「同人不同命，同傘不同柄。」古人不只生而不平等，就連死也不平等呢！原來古時之墓地可分多種：百姓墓稱「墳」，帝王墓稱「陵」，王侯墓稱「塚」，聖人墓稱「林」。因為關公被民間推崇為武聖人，所以他的墓地就和文聖人孔子一樣，一稱「關林」，一稱「孔林」。

翻開中國歷史，戰爭與戰亂所佔的篇幅極多，頻繁的戰爭加上龐大的軍隊，自古以來，名將如雲，其中以「忠義」著稱的，也不乏其人。然而，上下古今幾千年，為什麼只有關公（關羽，字雲長）一人脫穎而出，成為有名的武聖人呢？我認為這得歸功於「運氣」兩字。

關公的大恩人，就是元末明初的小說家羅貫中。羅貫中的一部《三國演義》，是小說家能「變更」歷史的最好實例，他以幾近白話的文字，把漢朝末年天下三分的歷史故事，加油添醋，寫得活龍活現，使得《三國演義》一書，一直在暢銷書排行榜上名列前茅，歷六百年而不衰，是歷代「說書人」的最愛。反觀真正的歷史著作——陳壽的《三國志》，若不是當今易中天教授，一再用《三國志》來品三國，恐怕陳壽和他的《三國志》，早就被許多人（例如我）給忘了。

《三國演義》也是小說家「塑造人物」最成功的範例。兩千年過去了，三國的風流人物，早已灰飛煙滅，大江東去了，而羅貫中筆下的關羽、關雲長，卻隨著《三國演義》的暢銷，變成「忠義」等等各種美德的化身，成為家喻戶曉的人物，不但飄「河」過海，遠到日、韓、越、泰等國去受人頂膜禮拜，如今更飄「洋」過海，到了美國，在中國城（Chinatown）的中國餐館安居落戶了呢！

雖然關公死後威風八面，但他的人生卻以悲劇收場。由於他的剛愎自用，大意失荊州，敗走麥城，最後被孫權的大將所殺（西元二一九年）。關公死後，孫權將他的首級送給曹操，曹操以諸侯之禮，將他的首級葬於洛陽，同時孫權也以諸侯之禮，將關公的身軀葬於當陽（今湖北當陽），所以現在有「關公頭枕洛陽，身臥當陽，魂歸故里」的說法。關公的故里，就是今天的山西運城。

又據今人考證，關公的頭顱葬在「洛陽關莊村」關羽墓。現在洛陽的關林，是明萬曆年間為祭祀關公所建的祀祠，並不是真正的關公墓地。

文化之旅

二○○四年十月，我們夫婦首次參加「中國作家協會」（簡稱中國作協）與「北美洛杉磯華文作家協會」的交流，到北京、九寨溝、成都、峨嵋山、桂林、武夷山、上海等處遊歷，並在北京、成都、福州、上海四處與當地作家交流座談。

作家交流計劃

「北美洛杉磯華文作家協會」的這種交流，已經辦了四次，去過長江三峽、絲路、雲南等處。以前四次我都因工作繁忙，無以成行，這次總算排除萬難，參加了第五次交流。

這種交流也是一種旅遊，行程由團員自訂，一旦行程確定，中國作協就根據我們作協的要求，派聯絡官安排旅行細節，並全程陪同旅遊。我們團員除了來回洛杉磯的飛機票自理之外，在中國旅遊的食、住與行，概由「中國作協」招待。

來年，中國作協會派同等人數的作家來美國訪問與旅遊。中國作家來回美國的機票由中國作協購買，但他們在美國旅遊的費用則由我們團員負擔。

因這是一種「因為我的參加交流，就有一位『最』優秀的中國作家，得以免費到美國來遊歷」的旅遊，所以比一般的旅遊有意義得多。在中國與各地知名作家宴談、參觀文學景點，與品嚐佳餚等等，更是一般旅遊所沒有的文化饗宴。

中國現代文學館

中國現代文學館在北京。我們一行二十名團員到達文學館後，由副館長親自接待，並問我們有沒有著作要贈送給現代文學館，當我聽到了這個好消息以後，立即就將我帶來的《千橡》雜誌CD光碟一份獻給中國現代文學館，留作紀念。

現代文學館是有名的文學博物館，館中收藏了二十世紀以來的各種中國新文學資料。其中包括港、澳、臺，以及海外華文作家在內的作家手稿多達一萬多份；「作家文庫」共展出五十一位作家的「個人文庫」和十八位作家的「類比書房」。這些手稿與文物多來自作家本人或家人的捐贈。

館外有十三個真人大小的作家雕像，分佈在花園各處，或坐或站，或單或群，有魯迅、郭沫若、茅盾、巴金、老舍、曹禺、冰心、丁玲、艾青、沈從文、朱自清、葉聖陶，與趙樹理等重要的中國近現代作家。

館內有國內外著名美術家、雕刻家精心創作的油畫畫壁、彩色玻璃鑲嵌的壁畫，以及作家簽名的大瓷瓶。我個人最喜歡「二十世紀文學大師的風采」，展出魯迅、郭沫若、茅盾、巴金、老舍、曹禺、冰心等文學大師的真實寫作環境，室內擺設，一如作者生前。

三蘇祠

從峨嵋山歸來，路過蘇東坡家鄉眉山，文友王國元提議去參觀極有文學意義的「三蘇祠」。三蘇是北宋大文學家蘇軾（東坡），和他父親蘇洵與弟弟蘇轍三人的紀念祠廟。

因途中迷路，我們抵達三蘇祠時已近黃昏。三蘇祠園林寬廣，古木參天，滿園桂花香氣襲人。園中的博物館館長是一位眉目清秀、氣質不凡的女士。她見我們不遠千里而來，不但親自為我們講解，還在講解中以京劇、川劇，崑曲等各種唱腔演唱蘇東坡的〈大江東去〉、〈水調歌頭〉、〈江城子（悼亡詞）〉。她聲音清脆，感情豐富，唱到蘇東坡懷念亡妻「相顧無言，惟有淚千行」等句時，眼淚已掉了一臉。我們這才發現，我們運氣極好，意外地碰到了一位戲曲高手。

「印象・劉三姐」

中國作家協會派來的「全陪」蕭鶯鴻女士，是一位正在修讀中國電影博士學位的「科爾沁草原美女」，她美而慧，又是藝術專業，所以她特別安排我們在桂林看了一場「印象・劉三姐」。

「印象・劉三姐」是導演張藝謀的一個「超」大型歌舞劇。以陽朔山水為背景，利用現代科技的燈光與音響，在夜間的漓江水上演出，演員人數高達六百餘人。據說自從「印象・劉三姐」演出以後，漓江的漁夫都成了演員，就不必辛苦地用魚鷹捉魚了。

故事中的劉三姐是一位愛唱山歌的年輕女子，她領導善良的百姓，反抗地主惡霸，終於取得勝利。全劇山歌高吭、服飾華麗、燈光奇幻、演員眾多，可以說是「絕對的張藝謀」。

冰心文學館

福州的機場位於長樂。長樂是有名的僑鄉，它的富裕來自僑匯，連飛機場都是由當地人民集資興建的。

長樂出過一位「玉潔冰清」的文學家，在中國近代文壇，佔有舉足輕重的地位，她就是原名謝婉瑩的冰心。冰心於一九二三年赴美國衛斯理就讀，以一封封〈寄小讀者〉的書信，轟動一時。

「冰心文學館」副館長王炳根，是蕭鷺鴻女士的老朋友，他們老友相會，我們跟著沾光，被邀在第二天上機前去參觀「冰心文學館」。

「冰心文學館」小巧精緻，環境優美，文學館一如冰心其人——玉潔冰清。王炳根副館長是研究冰心的專家，承他送我們每人一本由他簽名的作品：《永遠的愛心——冰心》。

這次唯一的遺憾，是王副館長邀請的「長樂海鮮宴」因時間來不及而取消了。這頓吃不成的「精美海鮮」就成了這次旅行中唯一的「遺珠憾事」了。

四月書香之旅

吳玲瑤和她的暢銷書（攝於上海書城）

風和日麗，桃李爭豔。二〇〇七年四月，我參加了「北美洛杉磯華文作家協會」和「中國作家協會」的文化交流，賞玩了北京、天津、大連、旅順、瀋陽、太原與上海等地，並和其中五個作家協會（作協）交流座談。

我們所到之處，受到各地作協熱情的款待，晚宴無不精美豐富，齒頰留香。中國作協安排的每日飲食，更是精心周到，全是當地人的最愛。我們文友十人，在中國作協聯絡官蕭驚鴻和閻思學女士的陪同之下，一面遊山玩水，談笑風生，一面大快朵頤，享用各地佳餚美酒。「陽春召我以煙景，大塊假我以文章。」花香、書香、酒香、菜香，一如李白當年，我們玩得十分盡興。

中國作協

士別三日，刮目相看。雖然離上次（二〇〇四）的交流才兩年多，大陸的變化確實驚人。尤其在二〇〇八年北京奧運前夕，全國上下一片興旺繁榮，新的建築有如雨後春筍，名勝古蹟無不在翻修整頓之中。就連北京的中國作協也才剛剛裝修完畢，煥然一新，我們居然是會客大廳修整後的首批訪客。作協的會客廳採用中西合璧擺設，牆上是古人書法、文房四寶等圖片相疊而成的壁紙，地上鋪著整塊淺藍帶小花的天津地毯，再搭配紅木傢俱和鑲紅木的純白沙發，既有西式的明亮寬敞，又有中式的古樸高雅。

我們和中國作協的幾位首長，就海外華文寫作進行了交談。他們大都來過洛杉磯，作協張勝友書記是前年訪美團團長，在洛杉磯接待他們的就是我團王娟團長。也就因為是老友相聚，大家的交談就格外地輕鬆自在。

主席鐵凝

新上任的中國作家協會主席鐵凝，是位萬方矚目的重要人物。第一，她是繼兩位文壇大師茅盾和巴金之後的首位主席。第二，巴金是文壇的長青樹，一九八四年擔任作協主席時已有八十高齡，他在二〇〇五年辭世時，壽高一百零一歲；繼任的鐵凝生於一九五七年，擔任作協主席時才只有四十九歲，年齡還不到巴金的一半。第三，她是中國作協五十年來的首位女主席。據有關人士解說，中國作協主席相當於美國的部長，應當和美國勞工部長趙小蘭的地位差不多。

鐵凝出身於藝文世家，父親是畫家，母親是聲樂教授。她出道很早，屬於天才型的作家，高中時的一篇作文〈會飛的鐮刀〉，就在一九七五年被收入北京出版社的兒童文學集中。她二十五歲發表的短篇小說《哦，香雪》獲全國優秀短篇小說獎，中篇小說《沒有紐扣的紅襯衫》獲全國優秀中篇小說獎。這兩部小說後來都被拍成電影：由《沒有紐扣的紅襯衫》所改編的電影《紅衣少女》，獲中國電影「金雞獎」、「百花獎」的最佳故事獎；由《哦，香雪》改編的同名電影，獲第四十一屆柏林國際電影節青春片最高獎。

她的的作品以小說為主，文筆生動活潑，描寫細膩，故事清新感人，是中國文壇的桂冠作家，得獎之多，不勝枚舉。就一部中篇小說《永遠有多遠》就連獲第二屆「魯迅文學獎」、首屆「老舍文學獎」、「十月」文學獎、「小說選刊」年度獎、「小說月報」百花獎、北京市文學創作獎等等大獎。散文集《女人的白夜》獲首屆「魯迅文學獎」。她的小說被翻譯成日、法、英、西等多種文字，一九九八年河北省第七屆「文藝振興獎」，頒她以最高榮譽的「關漢卿獎」，也即個人終生成就獎。

這次在中國，我們最興奮的莫過於見到了這位傑出的作家、美麗的主席。作協的晚宴豪華隆重，我團幽默作家吳玲瑤的笑話，立刻使氣氛變得輕鬆愉快。鐵凝主席的歡迎詞簡短而親切，幽默又風趣，她意味深長地以「在自己的故鄉，和心愛的人在一起，吃自己愛吃的東西，是人生的一種幸福」作為結束。我們回來後，就聽到她結婚的好消息，現在回想起來，她的這段話是有感而發的吧！

天津

承蒙天津作協創聯部副主任王忠琪，在百忙之中權充導遊，帶我們到租界區去看「洋房」。天津在滿清末年曾被九國分割，現在各國留下來的多樣建築，仍然保存良好，一百多年的老屋，美則美矣，只是看多了歷史的變幻，有些風霜。

作家航鷹在天津創辦了一個「近代天津與世界博物館」，她風塵僕僕，曾遠到歐美各國，訪問有關單位，找到歷史人物的子孫後代，蒐集到許許多多珍貴的歷史文物與資料。博物館中，我印象最深的是一個叫「天津的百項第一」單元，原來天津是中國近代教育、軍事、鐵路、郵電、西方醫學、海洋化工等的發祥地，拔頭籌拿第一的項目，竟多達一百項。

瀋陽

因為我們先去大連，再去瀋陽，我就以為「大」連必「大」於瀋陽，到了瀋陽才發現這個想法實在錯得太離譜了。瀋陽是遼寧省首府，人口眾多，大廈林立，富庶繁榮，雖是古城，卻生氣勃勃，一無老態。東北自古以來就是兵家必爭之地，處處都留著歷史痕跡，從瀋陽故宮、努爾哈赤墓、皇太極墓到近代張作霖、張學良父子的大帥府等等，無一不是人們耳熟能詳的歷史屐痕。

據作協人士相告，張氏帥府曾是遼寧作協的辦公室，許多作家都在大帥府辦過公。同行的楊芳芷是《世界日報》退休資深記者，曾任舊金山《世界日報》採訪組副主任，一九九一年，張學良在軟禁逾半世紀後，首次來美探親訪友，她在舊金山機場，訪問了耄耋之年的張學良。她說張少帥總以耳背聽不見為由，不做回答，所以回答的問題不多。

在瀋陽，我們領略到東北人的豪爽與熱情。遼寧作協副主席邵永勝和文學院長高海濤親自到機場來接機。高院長是美國留學生，對美國不陌生，我就告訴他我來自美麗的千橡市，想不到在第二天的座談會上，高院長就仿唐人〈詠柳〉，當眾賦詩一首相贈：「碧玉妝成橡樹高，華文不減綠枝條，不知祝福誰裁出，二月春風似剪刀。」

瀋陽作協的招待可謂別出心裁——座談會在文學院中舉行，我們走上文學院樓梯，尚未進入會議廳堂，就聽到裡面劈哩啪啦的掌聲，聽得我心驚膽跳，不知文學院中有何方神聖，萬一問起高深的文學問題，我們一無準備，不知能不能應付。

後來才知大陸的「文學院」是培養社會各階層寫作人才的搖籃。那天來參加的新銳班學員，平日都有自己的工作，寫作是業餘愛好。《詩潮》雜誌社長李秀珊應邀講詩社近況，所以那天有好幾個問題都與「詩的走向」有關。我大學同窗之女Victoria Chang是華裔第二代詩人，她出過英文詩集，也出過亞裔詩選，經常去各大學演講。我對這獨家消息，當然十分得意，忍不住在會中做了一個極簡短的報告。

東北二人轉

到了瀋陽，人人都說趙本山的「二人轉」是東北特色，不能不看，我們就要求領隊蕭驚鴻務必讓我們去開開眼界。在全國十分紅火的趙本山，劇院都有好幾個，聽說他偶爾會親自出場演出，但大部份演員都是他的徒弟。就是徒弟演出，一樣一票難求，場場爆滿。我們靠著導遊的關係，才臨時買到了幾張門票，但位子都不怎麼理想，大家也不坐在一起。

趙本山的「二人轉」是民間藝術「二人轉」的改良。每場有數對男女演員同臺演出，每對男女演員，說笑逗唱，各有風格，各有特色。依我看，每隊之間唯一相同之處，似乎只有「甩布餅」一技（這「布餅」兩字可是我的專利）。布餅大小和

pizza差不多，演員把它往天上一扔，就用手指當轉軸，快速地旋轉起來，邊轉邊舞，還邊講笑話，引得滿場觀眾爆笑不止。我的東北話不靈光，對當地的笑話也反應遲緩，但看看鄰座觀眾，個個都在椅子上笑得東倒西歪，前俯後仰，差點沒跌下椅去。

山西作協和平遙古城

和沿海諸城相比，黃土高原上的山西，就鄉土味多了。山西作協給我的印象是豪邁粗獷，這可能跟山西作協的各位首長飲汾酒、喝山西醋，和在酒筵上慷慨高歌有關。

山西作協的辦公室是昔日軍閥閻錫山的故居。房子不大，遠不如張氏帥府的雄偉，從一房到一房，還有點曲曲折折。作協各雜誌編緝部都以雜誌相贈，收禮的人眉開眼笑，視若珍寶，只苦了兩隻腫腫胖胖、已經不堪負荷的皮箱，可憐兮兮地望著它的主人。

太原附近的平遙古城，是歷史上有名的晉商大本營，也是工商管理專業的必看。晉商有「無中生有」的高超智慧，遠在清朝就有今天銀行的雛形，就有勞資分開的實踐。只可惜時代變了，昔日王謝堂前燕，飛入平常百姓家，當年晉商世世代代辛苦累積的財富，如今只剩下供人憑弔瀏覽的座座豪宅了。

五臺山

佛教聖地五臺山，因地形有五峰矗立，峰頂平坦如臺，所以叫五臺山。五臺山上廟宇眾多，是中國最大的寺廟群，著名的廟宇就有五十多座。

雖說春寒陡峭，依然遊人如織。我們連看幾座古廟佛殿，座座金碧輝煌，雕塑精美。午飯過後，導遊發現上黛螺頂（大螺頂）的纜車已提前開放，為了保存體力，我們決定放棄爬一千零八個臺階的挑戰，而改搭纜車。這纜車有篷無底，有點像美國滑雪用的ski-lift。四月山風吹來，比冰還冷，纜車簡陋，不能避風擋寒，坐到山頂時，手腳都凍僵了。

黛螺頂寺以供奉五種文殊菩薩（五方文殊）而著名，殿宇眾多。我們跟隨導遊，看完一殿又一殿之後，正待下山離去，我無意中一轉頭，忽見殿廊柱上貼著一對紅色對聯：

幽雅精舍月為鄰
清靜法堂雲作伴

好詩！好詩！我趕忙掏出筆記本，一廊柱一廊柱地走過去，匆忙抄錄：

靜裡禪機翻貝葉
閒中妙偈湧蓮花
禪室清雅多結翠
僧院花雨無流春
般若光中春不老
菩提樹下月常明

抄到這裡，黃昏悄然而至，我們還要走一千零八階石梯下山。老公怕我在人群中丟失，一再催促上路，我剛抄了一句：「風吹蓮臺觀天心……」就只好停筆，帶著些微遺憾，依依不捨地離開了黛螺頂。

天有不測風雲，說的就是五臺山的天氣。我們第二天清早起來，大地一片雪白，下雪了，路邊的白楊樹和黃藍寺廟，全蒙上了一層薄雪。雪飄如花雨，詩情畫意，我們在雪中參觀了五臺山第一大廟顯通寺（大孚靈鷲寺）。

看完顯通寺，已近中午，雪花飄飄，毫無止意。領隊怕下雪天滑，就決定打道回府，提早下山了。現在回想起來，這五臺山上，寺廟林立，座座富麗，個個堂皇，而我最心儀的竟是這突如其來的春雪，和山中不期而遇的禪詩。

北京大學巡禮

北京大學是是當今中國綜合實力最強的大學，歷史上「新文化運動」與「五四運動」等等重要運動的發源地，更是今天大多數中國學生與家長們最嚮往的一所學府。如此家喻戶曉的名校，會有怎麼樣的校園呢？我非常好奇。

感謝劉俊民團長，趁「北美洛杉磯華文作家協會」與「中國作家協會」交流的機會，特別替我們安排了北大之行，使我終能見到自己心儀的北大。

北大的歷史

北大與中國近代史是分不開的。一百年來，在中國的歷史上，北大一而再、再而三地扮演著改變歷史的重要角色，然而國家政局的動蕩與不安，也給北大帶來曲折複雜的命運。

京師大學堂：一八九八年，光緒皇帝在維新救亡的壓力下，下了〈明定國是詔〉，正式提出興辦中國的第一所國立大學──「京師大學堂」。

國立北京大學：一九一二年袁世凱任臨時大總統，將「京師大學堂」更名為「國立北京大學」，任嚴復為校長。

國立西南聯合大學：一九三七年蘆溝橋事變爆發，抗日戰起，北平（北京）、天津相繼淪陷，北京大學奉國民政府之命南遷，於一九三八年與清華大學、南開大學，在昆明聯合組成「國立西南聯合大學」。

國立北京大學：一九四五年，抗戰勝利，西南聯大解散，次年，「國立北京大學」在北京復校。

北京大學：一九四九年，中華人民共和國成立，大學收歸國有，「國立」二字取消，「國立北京大學」改為「北京大學」。

燕園與墨菲

有人說，在滿清末年的內憂外患之中，「義和團事件」是壓倒駱駝的最後一根稻草，它不僅直接導致了滿清的滅亡，更逼迫閉關自守的中國人，改變思想，走向世界。

這打著「扶清滅洋」口號的義和團事件發生在十九世紀末，是一場大規模的「排洋」運動，當時所有在華的西方人士都受到了牽連，其中包括傳教士與華人基督徒。事件以後，在華的基督教會就改變了傳教的重點，開始興建大學，從事教育。為了表現教會的親和力和減少中西文化的差距，這些大學的建造，一律採用中國式建築。

在這些教會大學之中，最有名的，當推位於北京的「燕京大學」。一九五二年，中國教育當局基於「外籍人士不得在中國興辦學校」的新規定，將高等院校與院系做了大幅度的調整，其中燕京大學的文法學院分給了北大，理工歸清華。同時，北大遷入燕京大學，「燕園」由是成為北大校園中的重要景觀。

燕京大學成立於一九一六年，由美國建築師亨利墨菲（Henry Killam Murphy, 1877-1954）設計建造。墨菲畢業於耶魯大學建築系，當他一九一四年到中國來時，義和團事件剛過，一些在華的基督教會，開始大興土木，建造教會大學，墨菲正逢其盛，陸續在中國各地規劃設計了許多重要的教會大學。這些建築，使墨菲成為當時中國建築界「古典復興思潮」的代表人物。

墨菲的古典復興建築風格，是一種中西合璧的風格，我相信在當時，這種風格一定給人「洋裡洋氣」的感覺，但經過中西文化百年的碰撞、融合與沉澱以後，墨菲所設計的「燕園」，現在看來，竟是秀麗端莊、古意盎然。

北大的校園

北大的大門口有一對石獅子，有皇家氣派的紅色牌樓之上，高高地掛著以紫藍色為底、金框圍繞的匾額，上面書有「北京大學」四個燙金大字。進入校園，沿著人工湖「未名湖」走去，湖光塔影（博雅塔），綠柳垂蔭。湖岸邊，紅色的廊柱與中式的牆飾在青松翠柏之後，時隱時現，新古典的色彩，古色古香，婉約而含蓄。

據說「未名湖」的「未名」兩字，出自國學大師錢穆。「燕園」詩情畫意的湖水與典雅秀麗的林園，讓北大在原有的人文氣質之外，更孕育出一種獨特的「靈氣」。在「百度百科」上，我看到曾在北大流行的詩句：「未名湖是個海洋，詩人都藏在水底，靈魂們若是一條魚，也會從水面躍起。」未名湖的詩人，是何等的意氣風發！

義和團事件與接踵而至的八國聯軍，整個改變了中國，中國開始西化。作為時代先鋒的國立大學，普遍地採用了西式建築，北大當然也不例外。現在北大校園中至少有一半以上的建築是西式的，擁有全亞洲大學藏書量最豐富的北大圖書館（其中東館由香港富商李嘉誠捐建），是一幢蓋有中式屋頂的西式建築，為慶祝北京大學建校一百週年而建的紀念講堂，更是一座雄偉壯觀的歐式建築。

從滿清的一些親王王府、，到清末民初的燕京大學，到現在雄偉壯闊的圖書館與「百週年紀念堂」，北大的校園，處處都是歷史。

我們到北大的那天，正好是開學的第一天，圖書館門口掛著紅色的橫幅：「得天下英才以育之，攬世上群書以傳承——熱烈歡迎二〇一〇級新同學。」我們參觀完畢，離開北大時，已近五點，學生們正下課出來，人潮滿校園，從全國各地精選出來的「天下英才」，正踏著前人的腳步向前邁進。

我們今天東風桃李，用青春完成作業；我們明天巨木成林，讓中華震驚世界。燕園情，千千結，問少年心事，眼底未名水，胸中黃河月。（〈北大之歌〈燕園情〉〉）

「問少年心事，眼底未名水，胸中黃河月」，責任與榮耀，在歷史的長河中，「北大人」，一代又一代，繼往開來，任重而道遠。

註：除了燕京大學，墨菲還設計規劃了長沙雅禮大學、福州協和大學、南京金陵女子大學、廣東嶺南大學的部份建築，以及清華學堂校園的整體規劃和四大建築的設計等等。一九二八年，墨菲也曾擔任南京國民政府的建築顧問，主持制定了一九二九年南京的首都規劃，並設計了「紫金山國民革命軍陣亡將士公墓紀念塔與紀念堂」和「南京國民政府鐵道部大樓」。又，他與設計「南京中山陵」和「廣州中山紀念堂」兩大建築的中國建築師呂彥直有很深的淵源。一九一八年呂彥直獲康奈爾大學建築學位後，曾在紐約的墨菲建築師事務所工作，一九二一年呂彥直回國，又短期在墨菲事務所的上海分所工作。

澳門行之一
——過路灣之戰

在種種的因緣巧合之下，我意外地來到了澳門路環。我老公的表姑姐（阿姨）是天主教修女，已有七十八歲高齡，仍在路環的安老院為老人服務。在探望她之前，我對「路環」可以說是一無所知，想不到這次的探親，竟讓我看到了一個我以前所不知道的澳門。

澳門路環「過路灣」紀念碑

阿姨服務的安老院座落在一座山坡上，院前道路寬廣，樹木高大，車輛不多。我們攙扶著阿姨，緩緩地走下山坡，來到了一個葡萄牙風味的迷你廣場。

迷你廣場對著海，中央有一個杏黃色的小教堂，是阿姨天天來望彌撒的地方。廣場左右兩邊樹下各有一排歐式拱廊，我們就在廊下慢慢地享受著陽光、海風和葡式午餐。我點了葡國雞，阿姨點了當地特有的馬加文魚。

廣場的前方，有一個四面插著砲彈頭和砲彈殼的紀念碑，面海而立。紀念碑上的幾個葡文刻得非常粗糙：

COMBATES
DE
COLOANE
12 e 13 de julho de
1910

紀念碑背面，刻著中文，刻得同樣地粗劣：

攻戰
於
路灣
柒月拾貳至拾參
壹仟玖佰壹拾年

一九一〇？Combates？攻戰？我忍不住圍著紀念碑，前前後後地查看，無奈石碑上的葡文和中文都太簡單了。我不識葡文，但英文與葡文相差不遠，一般的字我可以猜得出來，例如：combates是英文的combate，julho是July等等，然而這最最重要的「Coloane」一字，我卻無從猜起，這倒底會是怎麼樣的一場戰役呢？我的好奇心不禁油然而生……

據記載，路環以前是個小島，古名叫「過路灣」，粵語的「過路灣」以葡語發音就變成了「Coloane」，由「粵而葡發音」的地名，我幾曾見過？難怪看不懂（後來我才知道Macau就是「媽祖閣」粵語「媽閣」的葡語發音。澳門以粵、葡語發音的地名比比皆是）。

既然Coloane是「過路灣」，那「路灣」必是「路環」了。原來在一九一〇年，這裡確實發生過一場戰事。

那是滿清末年，滿清政府在列強船堅砲利的逼迫之下，不得不割地賠款，開埠通商，港澳一帶商船往來，十分熱絡，而一向野草雜生、少人問津的「過路灣」小島，卻慢慢地變成了海盜的大本營，時時搶劫過路的船隻，使得過往的商船無不引以為苦。

西元一九一〇年七月，葡國警署接到通報，說有一批兒童被海盜綁架，藏在島上。由是葡警在兩艘葡艦砲火的掩護之下，與海盜展開了激烈的戰鬥。戰事持續了兩天，雙方均有傷亡。七月十三日戰爭結束，葡警大勝，救出了被綁架的兒童，趕走了海盜。

一九一〇年到二〇一〇年，一百年過去了，「過路灣之戰」的紀念碑，仍然盡責地站在海邊，以它極其簡樸的文字和殘餘的真實砲彈頭與砲彈殼，向世人講述這場鮮為人知的戰事。

這屹立於海邊的紀念碑，在守望的同時，也是澳門百年變遷的最好見證。滄海變桑田，由於不斷地填海，「過路灣」和「氹仔島」（音潭仔島）等幾個大小島嶼，已經連接了起來，成為一個尚未命名的的新島。「過路灣」小島，也由「路灣」而變成新島上的「路環」區了。

一九九九年十二月二十日，澳門回歸中國。舊的時代過去了，新的時代昂首闊步而來，澳門現在正以飛快的步伐向前邁進。

幾個以前要坐船才能到達的小島，因填海而被連成了一個大島，並以數條大橋與澳門半島相連，澳門的面積因此從一八四〇年的二點七八平方公里擴充到了今天的三十點八平方公里。

離路環不遠的路氹城（音路潭城，是填海填出來的地方），「威尼斯人」（Venetian）與「永利」（Wynn）等Las Vegas的大賭場，正以雷霆萬鈞之勢給澳門帶來空前的奢華與繁榮。

與澳門半島一水之隔的香港，由於人口的增加，一幢幢高得可怕的超級大樓平地而起，地鐵擠得像沙丁魚，來去匆匆的人群，像洪水一般，這邊衝來，那邊衝去。

路環，這個近在咫尺，古樸而安靜的葡式小城，能逃得過被人潮吞噬的命運嗎？望著廣場前的碧海藍天，我不禁為那個曾經雜草叢生、海盜出沒的「過路灣小島」擔心了起來。

澳門行之二

——安德魯的葡式蛋撻

若干年後，當我們回顧華人點心史的時候，我們一定不能相信，港澳臺的華人與非華人，曾經如此地為「葡式蛋撻」瘋狂。就臺灣一地，在一九九八年就創下每月吃掉「兩百萬個」葡式蛋撻的驚人紀錄，是什麼神奇的力量讓我們在突然之間忘了卡路里，忘了膽固醇，幾近瘋狂地吃葡式蛋撻呢？

澳門安德魯的葡式蛋撻

蛋撻（臺灣叫蛋塔）並不是什麼新花樣，蛋撻的「撻」，就是英文的tart，一三九九年，就有英格蘭國王亨利四世以蛋撻宴客的紀錄；在亞洲，自一九四〇年起，蛋撻就開始出現於香港茶樓。蛋撻層層酥脆的外皮，香甜可口的奶油蛋黃餡，剛剛從烤箱拿出來的時候，滑嫩鬆軟，香甜酥脆，我們味蕾的芳心立即就被擄獲了。

葡式蛋撻的葡文是pastel de nata（pastry

of cream），英文叫egg tart或custard tart，在港澳簡稱「葡撻」。葡撻的特色就是在蛋撻烤好以後，撒上糖粉與肉桂粉再烤，等糖粉烤焦了，糖焦就在蛋撻的表面形成了大小不等的咖啡色斑塊。這些赭黑色斑塊，分佈在深黃色的奶油蛋餡上，粗獷華美，香氣四溢，葡撻的魅力，盡在於此。

說來叫人難以相信，葡撻的始作俑者居然是十八世紀葡萄牙Jeronimos Monastery修道院的修女。因為修女們每天要用大量的蛋白來漿燙制服等等，她們就把剩下的蛋黃，做成了點心。一八二〇年葡國革命後，許多宗教都在被禁之列，Jeronimos Monastery修道院也被迫關閉，據說修女們的蛋撻食譜就在那時流到了民間。

然而把葡式蛋撻帶到澳門的人，卻不是修女，也不是葡萄牙人，而是英國人安德魯（Andrew Stow）。

安德魯生於英國，擁有藥學學位，一九七九年他在澳門找到工作，開始與澳門結緣。安德魯學的是藥學，對健康食品極有興趣，他曾特意去當時澳門葡菜最有名的凱悅酒店當學徒，後來升為餐廳經理。在凱悅時，因為他是經理，又是英國人，就得了一個Lord Stow的名字，這就是後來他的麵包店叫「Lord Stow's Bakery」的由來。

有一回安德魯到葡萄牙度假，在首都里斯本的貝林（Belem）區，吃到以前修女們所研發的葡撻，覺得味美無比，就回家潛心研究。一九八九年，他在澳門路環開了一家西點麵包店，開始出售經他改良的葡國蛋撻（一種以「英式奶油蛋黃餡」為餡、少糖的蛋撻）。由是，風靡港澳臺等地的「澳門葡式蛋撻」，就在這家貌不驚人的小店中誕生了。

一九九七年安德魯與太太離了婚，離婚之後，他繼續經營路環老店，而他的太太Margaret Wong則在澳門半島開了兩家「瑪嘉烈」葡式蛋撻店（Margaret's Cafe e Nata），並把葡式蛋撻的祕方和新產品的開發權賣給了「肯德基炸雞店」（Kentucky Fried Chicken，KFC），藉著ＫＦＣ的行銷，一九九〇年末以「瑪嘉烈」為首的葡式蛋撻，有如野火之燎原，在臺港澳各地掀起了一股瘋狂的葡式蛋撻熱。

二〇〇六年安德魯榮獲澳門政府頒發的「旅遊功績」勳章，同年十月二十五日，他清晨慢跑回家後，哮喘病發作，突然去世，時年只有五十一歲，他的妹妹繼承了他的蛋撻店。

基本上路環的安德魯餅店至今仍保持著老店原貌，店面樸實無華，店內空間狹小，只要站上五六人就會顯得擁擠。唯一叫人知道這家餅店輝煌歷史的，是門口牆上掛著的一個中英雙語招牌：

Lord Stow's Bakery
澳門安德魯餅店
Estd. Macau 1989
創立於一九八九年澳門
Creator of the Egg Tart now famous throughout Asia

始創馳名亞洲蛋撻

安德魯為人低調，不愛與媒體打交道，但他喜歡在店中與顧客周旋拍照。就在他去世前的幾天，有位旅行業者，恰好與他合照留影。從照片看來，安德魯戴著眼鏡，身穿白色烹飪圍裙，一副糕餅師父的打扮，但他身材適中，容貌優雅。當我忘情地大啖葡式蛋撻時，我都會安慰自己：「嗯！不怕，看看安德魯，吃不胖的。」

葡式蛋撻的美味，是不容置疑的，至於哪裡的葡式蛋撻最好吃，人人都說自己吃過的最好。口味是見仁見智的事，吃蛋撻要吃它的酥脆香甜。葡式蛋撻酥皮層次多，趁熱一口咬下去，既酥又脆，一直酥到心裡。蛋撻表面上的幾塊黑色焦糖，更是一看就能叫人饞涎欲滴，不能自已。

當澳門葡式蛋撻風靡之時，坊間就有「沒去過安德魯，就等於沒到過澳門」的說詞。現在澳門葡式蛋撻的「瘋潮」已過，安德魯已不在人世，但對很多人（例如我）來說，澳門葡式蛋撻黃澄澄的色澤、層層酥脆的外皮和帶著迷人黑斑的奶油餡，仍是難以抗拒的誘惑。

葡萄牙里斯本貝林區的修道院在一八二〇年以後就關閉了，而該修道院修女們所研發出來的蛋撻，不但現在仍在葡國貝林區熱賣（就是貝林蛋撻Pastel de Belem），而且在修道院關閉了約兩百年以後，還能在港澳臺造成轟動，由是可知，真正的美味是不會過時的。在美味當前時，我們就像熱戀中的男女，頭腦不管用了，卡路里、膽固醇這些本來就不討人歡喜的詞彙，一下子，全都隨風飛去了。

註：Jeronimos Monastery修道院，位於葡萄牙首都里斯本的貝林區，最近被修復，與附近的貝林塔並列為聯合國的世界文化遺產。

澳門行之三

——澳門的「威尼斯人」

一九九九年澳門回歸中國，兩年後澳門的「博彩專營權」到期，早就在一旁虎視眈眈，看上中國十三億人口的Las Vegas，終於等來了一個千載難逢、插足東方的機會。

在世界經融風暴聲中，Las Vegas的生意「一落千丈」。這時突然傳來澳門博弈收入超過Las Vegas的驚人消息，一向以神祕著稱的澳門賭場，立即變成冒險家的新樂園。世界上最有名的旅社、餐飲、精品等等店家，莫不紛紛摩拳擦掌、爭先恐後地趕赴澳門淘金。就連我和我老公兩個既不為錢也不為利的平民百姓，也暗暗心動，想到澳門去一探究竟。

終於，幸運之神來敲門了。二〇一〇年四月底，我們意外地來到了澳門賭場。

自從二〇〇一年，澳門取消了「博彩專營權」以後，天下六分，其中來自Las Vegas的，有永利（Wynn）、威尼斯人（Venetian）與米高梅—幻象（MGM-Mirage）等三家。說起來這三家全都是在Las Vegas獨霸一方的大賭場，只是想不到，在澳門拔得頭籌的竟是位於澳門Cotai的「威尼斯人」（Venetian Macao）。

Cotai的中文名字叫「路氹城」（音「路潭城」），是填海填出來的地方。Las Vegas Sands Corp.（金沙集團）就在昔日「滄海」之上，耗資二十四億美金（2.4 billion），建造了一座亞洲最大、世界第四、佔地九十八萬平方公尺的超大建築。威尼斯人的裡裡外外，用的全是最頂級的Las Vegas規格，其中包括五萬平方公尺的賭場、三千間旅館房間、三十五家餐廳、三百五十家精品店，以及展覽中心、會議廳、戲院與舞廳等等，無所不有。此外，還有一個第一流的表演中心Venetian Arena，設有座位一萬五千個，可供世界最優秀、最有名的藝術與音樂團體前來演出。

「威尼斯人」的外觀像Las Vegas的Bellagio，富麗堂皇，氣勢奪人；室內裝潢則似法國巴黎的凡爾賽宮，奢華瑰麗，美輪美奐。賭場之中，地毯、大理石鋪滿，天花板上盡是歐洲古典壁畫。賭客們滿坑滿谷，處處滿座，一批批由導遊帶領而來的觀光客，更有如潮水一般，不斷地湧入。

在賭場的人潮之中，我找到了吃角子老虎機，機子是全新的，玩的人不多。賭場只用港幣，我找到的最低價額是五元港幣。我玩了一陣子吃角子老虎，試了一下手氣，雖然出多進少，但手感不錯，我也就適可而止了。當我和老公走出賭場的時候，我們都感到滿意，覺得澳門威尼斯人的設計，比Las Vegas的一些大賭場還更合我們的心意。

澳門曾是東方的「蒙地卡羅」，在葡萄牙的統治之下，不但博弈的歷史悠久，賭的範圍也十分廣泛，從賭錢、賭馬、賭狗到賭球賽等等無所不包、無所不賭。這次我們在澳門，走馬看花，匆匆一瞥，看到回歸開放後的賭場，已非昔日吳下阿蒙，集「會議、休閒、度假、賭博、娛樂」為一體的新觀念，已將一個傳統老式的博弈之都，打造成了亞洲最大的觀光勝地與度假中心。

水能載舟也能覆舟。雖然我常去Las Vegas開會、看秀、度假與玩吃角子老虎，但身為華人，看到了威尼斯人在澳門的成功，卻免不了「別有一番滋味在心頭」。一方面我喜見華人對博弈觀念的提升，擴大了眼光，增加了見識；另一方面我又杞人憂天，擔心華人對「賭」的傳統認知，根深柢固，無以抗拒，我尤其擔心年輕富有的華人新生代，不知他們在恣意揮霍之餘，是否能抵得住賭？以及與賭有關的種種不良誘惑？

澳門行之四
——破解 Cotai 密碼

Cotai是一個近來頻頻最出現於媒體的新字眼，但是，什麼是Cotai呢？

這得從歷史上的海上霸權說起。身處歐洲伊比利亞半島（Iberia）的葡萄牙與西班牙兩國，因為比鄰而居，不免有許多相似之處，而我以為其中最離奇弔詭的莫過於他們的名字了——不知是什麼原因，他們一到了中國，都同時長了「牙」，變成了牙家的一對姐妹花。

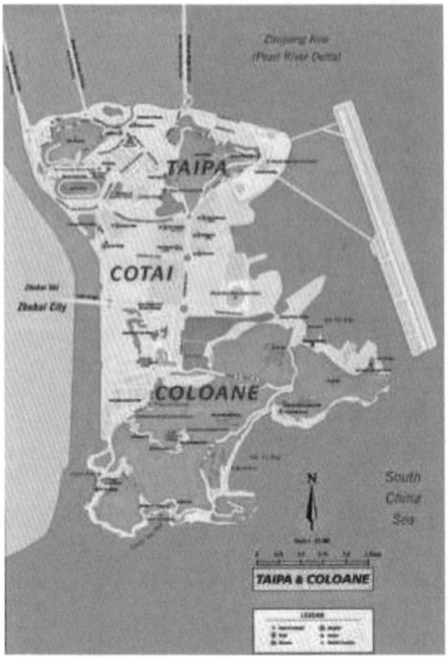

Cotai地圖

天下事無奇不有，這對姐妹花中的葡萄牙，也不遑多讓，絕不讓中國人專美於前，從澳門地名有如「達文西密碼」一般的撲朔迷離看來，就可看得出葡萄牙人取名字的智慧與創意。

顯然殖民地時期的葡萄牙人喜歡入境問俗，非常尊重當地的風俗民情，可惜言語不通，雞同鴨講，最後造成了不少的歷史「疑案」。

其一，据說葡萄牙人在澳門媽祖廟附近上岸，就以葡語問當地人：「這個地方叫什麼名字？」當地人以為他們指「媽祖廟」，就以粵語回答：「媽（祖）閣。」從此澳門就成了葡語的Macau。

其二，又據說葡人在「氹仔島」（音潭仔島）登陸時，問當地人：「這個地方叫什麼名字？」當地人把葡語的nome（name，名字）聽成了糯米，以為葡人在問糯米怎麼賣，就回答：「大把。」由是「氹仔島」就成了葡語的「Taipa」大把（順便在此一提，這個錯誤最大的後遺症，就是害得我把「往Taipa」的路牌看成了「往Taipei」臺北）。

四百多年過去了，滄海變桑田，由於泥沙的淤積，也由於填海，澳門半島附近的兩個離島「路灣」（過路灣）與「氹仔」，已被連成一個大島，中間填海填出來的地方就以「路灣」與「氹仔」兩島的第一字命名，叫「路氹城」。

這「路氹」的「氹」（音潭），認識的人不多，在普通字典上也查不到，據澳門本地人以粵語相告，這是一個只有澳門才有的獨門文字。很可能就是由於「氹」字的難認難唸，「路氹城」的英文名字Cotai就變得愈來愈響亮了。

但是，Cotai易讀易認，卻不易解。要知道「Coati」一字的來龍去脈，可得「學貫中西」，至少要會粵語、葡語與英語。

「過路灣」（路灣）的粵、葡語發音是Coloane；「氹仔」是Taipa（大把）；「路氹城」是Coloane加Taipa，或Coloane-Taipa，簡稱Cotai。

說白了，Cotai就是Coloane與Taipa兩個小島之間填海填出來的地方，也就是現在「澳門威尼斯人」賭場的所在地。

「威尼斯人」有一個野心勃勃的的投資人「金沙集團」，在他們的精心策劃下，現在世界上最著名的旅社、餐飲業、精品店都紛紛進駐Cotai，有的已經開幕，有的正在動工，有的還在籌備之中。「有錢能使鬼推磨」，這些動輒幾十億美金的投資，已把Cotai（路氹城）變成了亞洲最大、最豪華的娛樂度假中心了。

但金沙集團的野心，並不到此為止，他們正在打造一個與美國 Las Vegas Strip（大道）分庭抗禮的Cotai Strip（中文叫「路氹金光大道」，簡稱金光大道）。為了實現這個野心，金沙集團正在向美國專利局（U.S. Patent & Trade Mark Office）申請「Cotai Strip」一詞的專利。

如果，一切果如金沙集團之所願，Cotai這個新字，很可能在日後會跟Las Vegas一樣，成為路人皆知的名詞。但不管日後的情勢如何演變，此時此刻，你和我，都正在見證歷史的演變和一個新地名的誕生。

寫到這裡，我弟弟張三告訴我，「過路灣」與「大把」兩島合起來是「過大」兩字，如果Cotai以「過大」為中文名字就更好了。

過路灣、氹仔、大把、路氹、Coloane、Taipa、Cotai，再加上「過大」……等等，把我的頭都搞得「過大」了。不過，從作家的角度來看，這些撲朔迷離、複雜萬分的地名，正是寫作的最佳材料。看來，《達文西密碼》作者的下一本書已經呼之欲出了呢！

臺北小吃

要知道一個地方的生活品味，小吃，是一個很好的指標。

近六十年來，由於歷史的因緣際會，中外飲食、南北小吃，盡匯於臺灣一島。本已在相互融合、激盪、發酵的各種美食，又恰逢臺灣經濟起飛，人民生活富裕，培養出大批會吃、懂得吃的美食家。美食與美食家相需相長的結果，就產生了今天的臺灣美食。

臺灣美食之中最為人稱道的莫過於臺灣小吃。臺灣小吃，以價廉物美、推陳出新、種類繁多而蜚聲國際。也就因為臺灣小吃太多，如想要吃遍全臺灣，絕非易事，但如能退而求其次，只去品嚐一下臺北東門區的小吃，那已經算是口福不淺的了。

在眾多的臺北小吃之中，我最喜歡燒餅油條，特別是燒餅。我小時候，臺北的燒餅是用炭爐烤的。泥製的火爐燒得紅燙，師傅用手將灑了芝麻的麵餅，一片片地放進烤爐，貼在爐壁之上（怎麼不怕燙？），幾分鐘後，他用一個長柄鐵叉在烤好的燒餅後面，輕輕一鏟，voila！就這樣，香熱酥脆的燒餅就出爐了。然後他把炸得肥胖金黃的熱油條塞在中間，再舀上一大碗濃熱香甜的豆漿端到我面前，烤得發黃的燒餅微微裂開，露出炸得油亮飽滿的油條，嗯，好吃！好吃！

隨著時代的進步，現在的燒餅油條店早就不用泥製烤爐了，代之而起的是現代烤爐，聰明的臺北人用它烤出來的燒餅和以前幾乎沒有兩樣，而酥脆則更有過之而無不及。

東門菜場是一個老式的菜市場，不外乎賣些傳統的雞鴨魚肉與蔬菜水果，只是近年來，為了主夫主婦的方便，菜市中增加了大量的熟食。我每次來去燒餅油條店，都要穿過東門菜場。在菜場中，味美多滋、擺相美觀、香氣撲鼻的小吃，總叫我食指大動，忍不住左一盒右一包地買回家中，與家人共享。

十月，我回臺參加同學會，因為行程匆忙，無法一一造訪諸家小吃店，只好以傻瓜照像機拍下路邊之可餐秀色，以便回到洛杉磯，以眼代口，肆無忌憚地大吃臺北美食，既不怕體重增加，也不必擔心吃了過多的油條，會對身體帶來負面的影響。

以小吃著名的永康街區與東門菜場對街而立，這兩處小吃店林立，饕客雲集，從有名的鼎泰豐、高記、老張牛肉麵、東門餃子館、冰館（冰店）到街頭小店、菜場小吃等等，形形色色，應有盡有，我這次在路上之所見，只不過是滄海之一粟、冰山之一角而已。想吃臺北美食的老饕們，你可得親自到臺北，甚至到全臺灣，走一遭才行。

美麗的邂逅
——遊臺灣清境農場

臺灣有三大高山農場：清境、武陵與福壽山（梨山），都是六十年代，政府為了安排榮民（退伍軍人）的生活，而開墾的試驗農場。

其中「清境」位於南投縣，深藏在日月潭東北的崇山峻嶺之中，海拔一千七百五十公尺，是埔里到合歡山賞雪的必經之地。高山之上，風景優美，四季分明，春天桃李爭豔，夏天野花開放，秋天萬山紅遍，冬天遠山積雪，現在更以「瑞士風情、牧野風光」受到臺灣民眾的喜愛。

清境以「青青草原」最為迷人。草原隔著一條深谷，與中央山脈的高山群面面相對。草原上綠草如茵，山坡起伏如波，成群的澳洲綿羊在欄柵中休憩。一幢幢風格不同的歐式民宿，錯落有致，在樹叢後半隱半現。人在山中，恍若在歐洲旅行，置身於瑞士的小村莊之中。

清境的民宿（旅舍）多是歐式風格，從小巧精緻的家庭式民宿，到以英國中世紀都鐸王朝為藍本的古堡，多種多樣，任君選擇。值得一提的是，這座費時九年，耗資數億的豪華大古堡，現在是全臺灣最貴的民宿，不住宿的人可去古堡參觀，喝下午茶。

我們住的雖不是古堡，但也是有品味的歐式民宿。這民宿座落在山坡之上，從二樓房間窗口望出去，合歡山、奇萊山迎面而來。室內採用歐美混合的現代裝潢，房間的佈置簡潔清雅，食物清淡有鄉野味，特別是這裡的工作人員，大都是大學旅遊系的實習生，服務既親切又認真。

民宿四周遍種松木，樹不高，新生的松枝一根根如蠟燭，高高低低，參差不齊，生意盎然。民宿進門處闢有小型的空中花園，栽植各色高山花卉。當時三月底、四月初，正是高山杜鵑盛開的季節，淺淺淡淡的杜鵑花，或白或粉紅，都叫人情不自禁地會想起：「淡淡的三月天，杜鵑花開在山坡上，杜鵑花開在小溪旁……」那首歌曲。

我們抵達民宿時，已近黃昏。我下樓去喝下午茶，從樓梯旁的窗口，意外地看到了一輪紅澄澄的落日，正嵌在玻璃窗的正中央，美得像一幅圖畫。等我想起來，拿了照相機回來，太陽已經不知落向何處，剛才的日落美景竟成了我難忘的鏡花水月。

在清境山中漫步是一種心靈的洗滌、美的饗宴。高原上的清新空氣，取之不盡，綠色草原，觀之不絕。沿著山中無所不在的小路與步道，任我走到「青青草原」去看綿羊與馬匹的表演，或去遊客服務中心逛可愛別致的小店，或到全亞洲最高的星巴克咖啡店喝咖啡，山中歲月就像咖啡店旁的那隻不黃不黑的狗，在溫和的陽光下，優閒地睡著了。

清境是霧社的一部份，也是原住民「賽德克族」的故鄉，在山中可以買到賽德克族的工藝品。使人感到意外的是在臺灣深山吃到「擺夷料理」。原來多年前有一批從滇緬山區撤退來臺的國軍與眷屬（現稱義民或義胞），也被安排在山中開墾，他們之中有滇緬邊界的少數民族，諸如傣族（擺夷族）、哈尼族、瑤族、苗族（紅苗）等等，所以現在的清境也就融入了雲南少數民族的風俗與民情。

當我走在高山草原之上，享受著大自然風光的同時，我不能不對曾在高山開墾的「拓荒者」致以最高的敬意，是他們的胼手胝足，辛苦付出，才創造出了一個又一個美麗的高山奇蹟。

歲月屐痕

「道」亦有道

洛杉磯的freeway（高速公路）是世界上的一大奇觀。

奇觀之一：萬馬奔騰，風馳電掣，氣勢磅礴。

奇觀之二：不分晝夜，車車相連，如龍似海。

奇觀之三：一上freeway，人人都成了「拚命三郎」，十萬火急地向前狂奔。

在這樣世界級的高速公路上開車，自有一套放諸四海行之不通的禮數。例如說，你人生地不熟，初上「自由路」，戰戰兢兢，小心翼翼，一面全神貫注，緊抓方向盤，一面冷汗直流，氣都不敢喘一下，然而緊跟在你後面的那人那車，非但不同情你的膽小，還殘忍地在後面猛按喇叭，嫌你開得太慢。

再例如說，你在高速公路上改線換道，信號燈都已經打了很久很久，你的「左鄰右居」卻有如睜眼瞎子，視而不見，不肯禮讓，害得你錯過了出口，白花了好多力氣才能繞道回到原點。

然而，路是人走出來的。我因為日日上班，擠在全美最擁擠的一〇一高速公路之上，縱橫捭闔，衝鋒陷陣，與千萬名勇士「鬥狠鬥智」，終於練就了一身本領。現在我不但是「自由路」上的一名勇士，更在滄桑歷盡、驚魂甫定後，悟出了種種

「道亦有道」的人生哲理。

人是合群的動物

開車的人，通常喜歡成群結隊地開在一堆。在一個車隊之中，車與車之間，會巧妙地維持著某種平衡狀態，以「心照不宣」的速度向前開進。就因為車隊隊形過於平衡，時時出現膠著狀態，使沒有耐心的後來人，左右都衝不出重圍，只好在車陣之後，心煩意躁地蠢蠢欲動。

這個「長江的後浪」好不容易窺得機會，在車輛的夾縫中，東穿西穿地衝出重圍，卻又馬上陷入另一車隊的平衡陣勢之中。如想要在擁擠的高速公路上「出人頭地」，那得不斷地在層層車隊之間，有所「突破」才行。

機會是無所不在的

不論高速公路上車輛多麼地壅塞不通，車車之間又如何地緊緊相隨，如果不斷地去尋找，遲早會發現許多「空隙」。只要有空隙，就有機會。

造成空隙的原因很多：有人膽小不敢開快車；有人老牛破車開不快；有人心事重重開得慢慢吞吞等等。開車的人如果能高瞻遠矚、不慌不忙、按部就班地穩穩前進，一看到空隙，就馬上打信號燈換線，一定換得輕鬆愉快，無人抗議。相反地，如果強行闖關，搶人車位，一定會引起公憤，鬧得天下大亂，險象環生，甚至連性命都可能不保了。

我們在日常生活當中，不也經常陷入走投無路的膠著狀態嗎？一時之間，山窮水盡，前途一片黑暗，心情萬分低落。如與人強取橫奪，招仇記恨，情斷恩絕，此時此際，就要用心地去多看、多聽、多想。在我們生活的環境之中，也一樣的到處都是空隙，只要用心去找，機會是無所不在的。

有變化就有機會

環境穩定的時候，機會比較少；但是一旦環境有所改變，機會就馬上多了起來。高速公路的外在情勢千變萬化，無論增線、減線，上坡、下坡，每一個小小變化，都會使車隊的平衡狀態有所更變。一直想找機會突破的人，機不可失，一定要趕快把握時機，採取行動。

命運天天不同

雖然一〇一高速公路是「擠者恆擠」，但有幾天會在忽然之間，無緣無故地特別擠塞，行不得也哥哥。此時開車，則有去國懷鄉、寄人籬下，「滿目蕭然，感極而悲者矣」。也有時管道忽然通暢，通行無礙，「一路音樂飄不住，輕車已過萬重山」。此時開車，「心曠神怡，寵辱皆忘」，一瀉千里，「其喜洋洋者矣」！

天有不測風雲，人有旦夕禍福，這些不能預測，也許能、也許不能解釋的「忽然」，就是我們所謂的運氣了，一個人運氣來了，喜從天降，擋也擋不住。

膽子大的跑得快，風險也大

在汽車擁擁擠擠、苦無出路時，一定有少數大膽的冒險家，不管多擠，一定硬要擠在狹窄的車縫之間，穿出擠進，他們的表演怵目驚心，危險萬狀，不能不叫人為他們捏把冷汗。

每次我看到他們的驚險鏡頭，就忍不住會想到車禍後的時間耽誤、情緒激動、身體殘缺、生命垂危等等，我馬上就心平氣和，循規蹈矩，不敢因「小不忍而亂大謀」，而逞一時之快了。

管道不通時天下大亂

在高速公路上，最可怕的莫過於某處發生大車禍（經常是連環車禍），管道不通了。由於高速公路「路路相通」，不到一小時，就波及其他的高速公路，使得整個洛杉磯的高速公路系統癱瘓。此時被塞在高速公路之上，車車相連，以蝸牛的速度向前蠕蠕而行，長達數小時之久，就連世界上最有耐心、最有禮貌的君子在此刻也會反目成仇，兇霸不仁，絕不相讓。「自由路」上失去自由，人人自私自利，攘利爭先，變成了一個可怕的野蠻世界。

在兩三小時的蝸牛慢行中，平時保養不佳、體弱多病的汽車，一時百病叢生，經不起考驗，一一拋錨路中，動彈不得。開車人塞在車海中，心煩意躁，有的輕舉妄動，有的體力不支，有的注意力不集中等等情事，造成你踫我撞亂上加亂、大車禍之中小車禍頻傳的場景。

此時開車人陷於一片發動的車海之中，前無去路，後有追兵，人聲沸沸，車聲轟轟，熱氣逼人，毒氣（廢氣）攻心，叫天天不應，叫地地無門，只差半點沒有昏死過去。經此一浩劫歸來，車的耐力、人的體力都經過了一場無情的考驗。

我們從這些慘痛的教訓中學到，不論是大城市的交通系統、國家、公司的行政系統、人體的器官系統等等，一定要通暢無阻，一旦管道阻塞不通了，就有如高速公路上的連環車禍一樣，必會「民不聊生」，天下大亂。

天下美女非君莫屬

「環肥燕瘦」，瘦美，胖亦美。

君不見唐朝畫上的美女，哪一個不是胖嘟嘟、圓滾滾的，富態美也。那個叫人「雲想衣裳花想容」的楊玉環，那個傾國傾城「常被君王帶笑看」的楊貴妃，不就是以她獨特的環肥商標永垂青史嗎？

漢宮能做掌中舞的趙飛燕，走的是苗條路線，是一種弱不禁風之美。苗條女郎顯然是唐朝詩人杜牧的最愛，他筆下的美女若不是「楚腰纖細掌中輕」，就是「娉娉嫋嫋十三餘，豆蔻梢頭二月初」，盡窈窕淑女也。

外國美女，從古代的維納斯雕像，到瑪麗蓮夢露，到曾經熱門一時，瘦得像木棍似的英國名模Twiggy，也一樣是環肥燕瘦，各領風騷五百年。

就是因為美的標準，像大海的波濤，不斷地在起伏流動，我們每一個女人的容貌也就有了很大的迴旋空間。妳和我，在歷史的潮流中，若不是當今之美女，必是古代美女；若不是古代美女，必是未來美女。在地理文化的分域中，妳我若不是東方美女，必是西方美女；若非西方美女，必是某一國某一地之美女。時代不同，地域不同，審美觀也就截然不同，如是而已。

女人之美，隨著年齡之變化而各有不同：年輕時荳蔻花開，青春煥發；中年，成熟睿智，收斂自如；老年後，慈愛安詳，智慧高貴。所以年輕是美，中年是美，老年亦美。在人生的不同階段有不同之美，但不論年齡大小，我們最美的時光正是「現在」。

美有內、外在之分。美國有一紅極一時的電視連續劇，劇中兩位裝腔作勢、假模假樣的女主角，老是高居各大美女排行榜之前茅。自從該劇不走紅了，這兩位女主角也都從美女排行榜上消失了。可見所謂的職業選美評審員，也免不了會趨炎附勢，人云亦云，以知名度論美，其他凡夫俗子的審美觀那就更不用說了。

與其由別人用「不正確」的眼光來判定我們的美醜，不如我們來個自我判斷：我們做人誠實善良，做事勤勞認真，對世界有心，對人類有愛，如果擁有這樣高貴內涵的人不是美女，誰是？

中國人說：「情人眼裡出西施。」西洋人也說：「Beauty is in the eye of the beholder.」美的定義，因人而異。有人五官美，有人身材美，有人氣質高貴，有人別有風韻，有人個性善良真摯……，五花八門，不一而是，甚至所謂的「醜」其實也是另一種形式的美。

年輕就是美，但一位心理學家的問卷調查，發現中年婦女比年輕女子對自己的魅力更具信心，那是因為中年婦女，人情練達，自尊自信，洞悉美的多元性。她們深知女性的動人，不完全來自外表的美麗。自信，就是美麗！

夏威夷歌舞的回憶

我的朋友諾麗，年輕時是夏威夷的歌舞女郎，搬來南加州以後，她和她的朋友就與洛杉機市政府合作，每年六月初的週末在北嶺公園（Northridge Park）舉辦免費的夏威夷歌舞大展（Festival of Hawaii）。就是因為她，我以前常去北嶺公園，享受夏威夷的浪漫風情。

在歌舞大展中，南加州附近各太平洋島嶼的業餘歌舞團體，都會自動組隊前來參加。每個歌舞團隊自備樂隊歌手，團員多是年輕男女，陣容壯大，動輒三四十人，人人穿戴著五色繽紛的熱帶服裝與頭飾，載歌載舞。從上午十點起，一團團地表演下去，一直要跳到晚上六七點鐘才結束。

做觀眾的，隨心所欲，來去自如，各人自帶被毯、矮椅、鋪坐在草地之上，或坐或躺，逍遙自在。怕太陽的「逐蔭族」可找一個樹蔭，佔一席清涼好位；而喜愛太陽的「陽光族」則可展示各式各樣、千奇百怪的草帽。如果高興，我們也可以什麼帽子都不戴，只要盡情地享受六月初並不熱熾的陽光就好！

夏威夷的舞蹈，輕搖慢扭，婀娜多姿：舞者全身上下，緩緩蠕動，其扭動之輕柔，如海浪之上下，似水波之起伏。多情善語的雙手，軟若葇荑，每一手勢，每一投足，無不是笑與淚的交織、愛與恨的流露。

大溪地之舞，又是一番風貌。在幾首歌曲過後，忽然之間，音樂轉急，鼓聲隆隆，四十多位少男少女，身著大紅草裙，快速地抖著臀部，踩著鼓聲，從舞臺兩面入場：男子們上身赤膊，露出一身健壯結實，曬得黑亮的肌肉；腰肢纖細的少女則在棕黑的上身，罩著深咖啡色、椰子硬殼做成的胸罩。這些少男少女，臀浪翻飛，青春洋溢。他們手中的束束白草，與身上的紅色草裙，隨舞飛起，紅白相映，自然生動。少女們更是黑髮垂腰，每一舞動，髮飛草揚，極為壯觀。使人不得不對青春之美發出由衷的讚嘆。

北嶺午後的公園，陽光暖暖，歌聲綿綿，不時會有陣陣清風，徐徐吹來，吹過舞臺前的一株老樹，拂起楊柳枝葉，斜斜地，颯颯地吹下片片細葉，落在每位觀眾的身上，是詩情，也是畫意，此時此際，情懷自是浪漫。

韶光易逝，年華不再，年輕的快樂與優閒已隨著細葉飄去。北嶺地震後，物是人非，諾麗也離開人世很久很久了。現在偶然想起，老樹下看夏威夷歌舞的浪漫情懷，依然，是一個美麗的回憶。

車比人嬌

明明他的車是為我買的，可是有了「香車」，他就不愛「美人」了。那已是數十年前的洛城舊事了，那時我丈夫還是形單影隻的光棍一個。想不到時來運轉，豔福天降，他竟然有女朋友了。

為了爭取我的芳心，他不惜省下學費，忍痛花了四百大洋買了一輛綠色小「嬌車，為他鍾愛的張小姐提供豪華客車服務。這部被他姐姐戲稱為「小馬車」的Triumph大概是迷你中之迷你，雖然裡裡外外都很簡陋，卻是他眼中的心肝寶貝，碰不得半下。他甚至對女朋友說：「妳碰壞了不打緊，可不要把我的車子碰壞了！」

幸好兩年不到，這輛稀有罕見的「小馬車」就體弱多病起來，「以色事人者，色衰則愛弛」，他老兄對香車之愛，也就大不如前了。有一天黃昏，這輛「小馬車」也實在太不成器，說巧不巧地，在一個繁忙的高速公路出口熄火拋錨，交通為之阻塞，真不知被多少人咒罵瞪白眼。正在進退不得、狼狽尷尬之際，忽有一名西裝革履的中年男子「停車暫借問」。他一面對我們的窘迫深表關懷，一面又環繞著這肇事的「禍水」反覆打量，連連讚好，臨行時寫下電話號碼，親親熱熱地交代我們：「想賣這部車子的話，請打電話來。」

在車子拖進修車廠後，兩人同時想起那位伯樂來了。我們一商量，說不定這部貌不驚人的怪車，正是他們收藏家踏破鐵鞋尋無處的「奇貨」，既然吉星高照，碰到了財神爺，不如趁此良機，發筆小橫財，反正這點小錢對他們收藏家來說，不過是「小意思」，白白地撿了個便宜而已。想不到這種好萊塢式的電影傳奇會發生在自己身上，兩人愈談愈興奮，事不宜遲，「小馬車」車主馬上打電話給「收藏家」。

在電話中，這邊車主表示「承蒙厚愛」，願意「忍痛割愛」，那邊收藏家也慷慨大方，表示願意「高價」收買。交易進行得意外地順利，談得入港了，「小馬車」車主終於忍耐不住，問道：「到底多少錢是『高價』呀？」

「二十五元。」

二十五元？聽聽看，有這種趁人之危打秋風的事情？難怪洋人說：「天下沒有白吃的午餐。」他的橫財夢也就泡湯了。

我們結婚後，我馬上行使女主人的權威，「下令」把第一號情敵「林黛玉」小姐掃地出門，改換成一部身強體健的「福特」。

說也奇怪，自「福特」進門以後，我丈夫每日下課回家，飯不吃、電視不看，一頭鑽進車蓋之下，把個好端端的「福特」又敲又打的，不知在幹嘛。

某個星期天的下午，丈夫黑頭油面地衝進屋來，大叫大嚷：「修護成功了！快！快！快！快跟我上freeway（高速公路）試車。」一上了高速公路，平時沉默寡言的他變得嘮嘮叨叨的：「妳聽！妳聽！經我tune up（清理）後，現在引擎的聲音多麼地輕快，多麼地平穩，多麼地……」牛還沒吹完，汽車突然大冒白煙，把人嚇得魂飛魄散。原來橡皮水管年老失修，恰在此時爆裂漏水。

後來我們從「一車之家」升格為「兩車之家」，事情也變得複雜了。那年我剛找到工作，就三天兩頭地吵著要買輛「太太車」。我才看了一家車行，就馬上被一輛體態輕盈、身材姣美的紅色Capri跑車給吸引住了。想當年一部全新的的烏龜車（Volkswagen，VW）才賣一二千元，這部Capri要四千五，是我們小康之家眼中的「豪華跑車」。

丈夫對我鍾情的對象大不以為然，聽聽他的高調：「妳對車什麼都不懂，看車只看外表，居然要花四千五百元買這種車！」說實話，我對汽車確是一無所知，平時這種重大事件也一向聽命於丈夫「英明的領導」。我本來說喜歡，也不過隨便說說的，現在聽了他的陳腔濫調，反感頓生，一時氣上心頭，很不客氣地反駁回去：「四千五又怎麼樣？I am worth it（我值得）！」

這句話是我從電視廣告上學來的，我丈夫一下子傻了眼。他大概想也沒想到，在外面鬧得如火如荼的女權運動，居然鬧到家裡來了，連自己一向「百依百順」的中國老婆也鬧起家庭革命來了。

在經過為時兩日的「長考」以後，他慎重地向我宣佈：「好吧！既然妳喜歡，我們就買吧！妳說得對，妳值得。」

我買了 Capri 後的第二年，丈夫的福特年事漸高，氣喘吁吁，病入膏肓，到了生命的終點了。步上中年的丈夫，早就對修車的「敲打樂」失去了興趣。我好像記得有一天他不經意的提到「正在物色」什麼的，第二天我下班回家，遠遠地就看到車房門口，好端端地停了一部光亮照人、氣派十足的別克。我看到汽車的體積已大吃一驚，再走近一看貼在窗上的價格：「八千八百元」，差點沒有昏倒。

這個姓關的太不成話了，汽車不過是個交通工具，怎麼可以把兩人辛苦賺來的血汗錢亂花一通？我剛想罵人，一年前買 Capri 時，我的豪語忽然一閃而過，我不是說過「我值得嗎」？既然我值得一部四千五百元的 Capri，他當然也值得一輛八千八百元的別克了。這麼一想，我忍不住笑了出來，這個傢伙！「道高一尺，魔高一丈」，我桃花女鬥法，怎麼也鬥不過他。算了！算了！以後我們家買車的事，就由他一手包辦了吧！

榕榕樹（Yum Yum Tree）下

有那麼個星期五的晚上，我丈夫忽然天良發現，要請他鞠躬盡瘁、死而後已的太座去一家名貴的西餐廳吃牛排大餐。我一聽可以不必煮飯，馬上雀躍三丈，一口叫好。

那個禮拜五也不知是什麼黃道吉日，好像家家丈夫都得到了同樣的神祕信息，不約而同地到同一家餐廳請老婆吃晚飯。那家豪華餐廳由是車水馬龍、衣香鬢影，擠得水泄不通。

正廳中的檯位早已全部訂光，帶位小姐察顏觀色，見我們一對璧人之狀，又面帶幾分傻氣，就堆著滿面笑容來勸我們：「真對不起，我們正廳的位子都坐滿了，不過我們正廳的旁邊有一排優雅的走廊座，座落在榕榕樹下，十分安靜隱蔽，不像正廳那麼聒噪囂鬧。相信你們一定會喜歡在榕榕樹下進餐的浪漫……」說得我們樂陶陶、昏迷迷地一口答應，立即尾隨帶位小姐走到了榕榕樹下。

栽在盆中的榕榕樹上掛了不少盞小燈泡，在昏暗的走廊中，時明時滅，閃閃發光，環境果真安靜清雅，十分浪漫。但說也奇怪，自我們入座後就再也沒有第二對「情侶」出現過。

我平時吃飯，一向多嘴多舌，那天晚上卻不知何故，無話可說。兩人在榕榕樹下，你瞧我，我瞧我，大眼對小眼，愈對愈冷清，愈對愈寂寞，勉勉強強地吃了頓世界上最最無聊的晚餐。最後實在忍耐不住，特別招來帶位小姐，務必要她在正廳之中替我們找兩個座位。

回到正廳，你來我往，人聲雜沓，熱鬧非凡，人類的溫暖迎面而來，我們也恍若從月宮回到了人間。

不久以後，我們再去那家餐廳，發現整個走廊座都拆掉了，榕榕樹也失去了蹤影。看來，人是合群的動物，喜歡在冷清的榕榕樹下進餐的人畢竟不多吧！

註：榕榕樹（Yum Yum Tree）出自一九六三的美國電影Under the Yum Yum Tree。

冠軍杯

等我想到去打網球的時候，已是徐娘「已」老的三十八歲了！

我從小就沒有運動細胞，小學時還藉口身體瘦弱不上體育課，進了社會更是腦滿腸肥、四體不勤起來。卻沒想到在那個「不寂寞」的三十八歲，一向「鋼」筋「鐵」骨的我，好端端地生起膽結石來了。這一生病，使我想到了運動。

我中年學藝，當然無心問鼎「溫布頓」（世界網球最高獎之一）。我唯一的雄心大志，也不過是在揮動球拍時，小黃球不漏網而過罷了。

會打網球的都知道，打網球最難的，難在找水準相當的球伴。我的運氣不錯，一來就找到三名志同道合的新手，四人對網球有著同樣高度的熱情，就是盛夏正午，氣溫高達華氏一百多度時，我們依然焚風烈日無阻。一時秣馬厲兵，士氣旺盛，大家全力以赴。我也在不甘做常敗將軍的刺激下，鼓足了勇氣，去參加當地的婦女網球賽。

在此比賽中，初級組雖名為初級組，偏偏高手如雲，我這種貨真價實、如假包換的初級選手，還不多見呢！不用說了，我為了不想做常敗將軍而來參加比賽，卻做起道道地地、不折不扣的常敗將軍起來。失敗的滋味苦苦澀澀、辛辛辣辣的不好受，在不得已的情況下，我只好破財消災，去求名師指導。

這位老師真不虧名師，居然從我「一無用處是書生」的書生身上找到了優點。他說我在球場上可以跑，也不怕跑，正是打網球的基本要件。我聽了如吃了起死回生的萬靈仙丹，信心大增，士氣大振，就是連著一個禮拜又一個禮拜地猛交學費，也毫不知心痛。

一季三個月打下來，雙、單打都算在內，我和我的球伴戰績輝煌——每戰皆北，幾十場戰役的結果，一共只贏了一場「險勝」。輸得這樣的徹底，老實說，我是無心參加最後的「慶功宴」的，但又拗不過我球伴的再三邀請。

在慶功宴上，我強作歡顏，以「可樂」消愁之時，意想不到的事情發生了！原來這個比賽規章特別，有兩種獎品，除了單打、雙打冠軍外，還有團體冠軍。我和球伴雖然連吃敗仗，但是我們所屬的這一組（共八組），居然榮獲團體冠軍，每位組員都獲得獎盃一座。我也破涕為笑，抱回「雌」姿英發、女網球手的「冠軍盃」一座。

這座錦盃得來不易，頗加珍惜，當然放在吾家客廳的「正」中心，生怕別人看不到。就是有粗心大意的親友視而不見，我也會以看胡克敏的牡丹畫為名，順便介紹我的錦盃。

我雖一而再、再而三地強調我得獎故事的真實性，大家卻硬要以為我是虛懷若谷、不以己悲、不以物喜的大聖人。既然盛情難卻，我也就懶得追究了。

以球會友

我天生沒什麼運動細胞，到了三四十歲的一大把年紀才去學網球，哪能沒有一番辛酸血淚呢？

記得我頭一次出場打球時，我們新人俱樂部的老外，在球場上從來沒見過東方女人，他們見我這個老中儀表不俗，皮膚曬得漆漆黑，頭髮紮成兩條小辮子，眼戴墨鏡，頭戴遮陽帽，兩腳四平八穩地擺開，神氣十足地握著球拍，嘴角發出莫測高深的笑容，她們既看不出我的年紀，也不知我是什麼來路，由是人人屏息以待，不敢造次。

球賽開始，我眼見小黃球遠遠飛來，也就毫不客氣，揮動球拍，用盡蠻力，迎頭痛擊。說時遲那時快，如流星，似墜月，小小圓球居然會從拍底肘邊漏網而過，害得我猛猛地揮了一拍子的空氣。當場「洋」相出盡，丟人到家，恨不得挖個地洞鑽了下去。如此三番兩次，面上無光，窘迫非常，只好在眾目睽睽之下，紅著一張關公臉，訕訕地自我解嘲：「我要去找老師學球。」

我第一次找的年輕女老師，曾是澳洲女子名將。我從她那裡學完了五個基本動作以後，滿以為名師出高足，經高人一點化，一定身價百倍，大有可為。於是面帶笑容，再度披掛上陣。哎呀！怎麼每下愈況，以前失球才十之五六，現在花了錢，繳了學費，失球數反而高達十之八九。那天垂頭喪氣地回家，好一隻鬥敗的公雞！

第二個禮拜打球的時刻到了，我坐在門口的臺階上唉聲嘆氣，實在無顏見「江東姐妹」，一面又不甘心就此斷送網球生涯。一時天人交戰，神志昏迷，也不知怎麼慢慢吞吞地到了球場、怎地再拿起球拍。總之，那一陣子的昏迷，把球打得最壞的時刻給熬過了。以後老師教的幾招終於派上用場，從此我在球場上被人嫌厭的時刻愈來愈少，網球變成我最喜愛的運動。打網球有伴，變化多，在球場上跑來跑去地無事忙，正合我的個性。我這一打，就上了癮。

如果喜歡花錢的話，網球本是昂貴的運動，我的運氣不錯，我雖然從早打到晚，卻花費不多。多年前，西湖網球俱樂部為了招徠顧客，給我們「新人俱樂部」的會員特別優待，每週打一次才收費兩元。後來西湖村自己造了公共網球場，我們「西湖太太」們就趁老爺上班、少爺小姐上學的空檔，成群結隊地去「霸用」球場，一個禮拜最少打上兩三次。反正羊毛出在羊身上，這些球場還不是用我們的稅錢修造的？不打也白不打。

我剛會打球時，球癮極大，一聽說附近舉辦婦女網球賽，我第二天就跑去報名參加。這種比賽以三個月為季，每週出賽一次，球伴由主辦單位選配，打球完全免費，只要交七塊錢買錦盃。我在球賽中交到不少功力相當的球友，她們的年紀從二十來歲到六七十歲不等，很多都是愛網球愛得入迷的狂人，剛好和我志同道合。比賽和友誼賽畢竟不同，我發現只有在比賽時，被打得大敗特敗的情況下，我的球技才進步得最快。這大概正是孟子所說的：「所以動心忍性，增益其所不能」吧！

「勤能補拙」這句話用在我的身上最實在。我的球雖然打得馬馬虎虎，但我很勤勉，有球必打，既不挑剔時間、地點，也不在乎對手的脾氣和網球水準，在球場上總是東奔西跑的十分賣力。剛起步時，我常要跟在會打球的人後頭，拍上半天馬屁才打到一場球。三年下來，我熱中網球的盛名大開，我網球約會之多，把個日曆排得密密麻麻的，儼然名流政要之屬。現在連我的丈夫都訓練有素了，每晚只要電話鈴聲一響，他就說：「一定又是妳的球友，三缺一！」

網球風雲

一旦我打定主意，要我丈夫參加網球比賽以來，他就成了如來佛掌中的孫悟空，怎麼也翻不出太太的手掌心了。

像我丈夫這種動作敏捷、反應靈敏的人，本是打球的料，偏偏他毛病多多，叫人最不能忍受的就是他不肯同老婆打網球。

剛結婚時，我不知天高地厚，居然請他當教練。他既無耐心，心術又不正，存心不和自己的老婆打球。太太呆頭呆腦，反應遲鈍的身手，也把他打得心煩意躁。只要一聽到我提「打網球」三個字，他不是推三阻四、顧左右而言他，就是趁我不備時，奪門而出，逃之夭夭。

這種非君子、非大丈夫的可恥行徑，早已把老婆恨得牙癢癢的，暗暗發下重誓：「非拉他去參加一場男女混合賽不可！」

顯然丈夫對賽球興趣缺缺，不管我如何軟硬兼施，日夜騷擾，他都無動於衷。且不管他當年是不是有過一陣子黃金年華、球場風光，如今總是四十初度，未老先衰。只要看他日益膨脹、似懷胎八月的啤酒桶大肚子，就知道他一定年華老去、不堪一擊了。

想不到，太太的機會終於來了。我聽到「西湖村」男女雙打公開賽的消息，馬上就趁他吃完晚飯，半睡半醒半躺在沙發上看電視的時機，去徵求他的同意。等他搖搖晃晃地頭輕輕一點，我就連夜趕去郵局，寄出報名單，深怕夜長夢多，他會中途變卦。

比賽之日，才清早七點多一點，丈夫就在太座的押解之下，前赴球場。這次網球賽的主辦人是我的球場老友，她說這雖是公開賽，實際上是一場友誼賽，所以來比賽的「多是我們平時的戰友」。

我就在途中把主辦人的話像錄音機似地，一字不漏地重播了一遍。丈夫除了表示「極不願」和自己的太太同組之外，並無異議。和丈夫比賽的計謀終於得逞，我一高興，就吱吱喳喳、高高興興地到了球場。

當天的球賽，共有十二隊參加。我雖是網球初學，倒也曾在陰錯陽差種種巧合之下，贏得女子初級組冠軍盃多座。明知這次是我首次出賽男子選手，倒也神色自若、了無懼色，披掛上陣去了。

第一回合的對手，是一對和藹可親的美國夫婦，年紀大約在五十歲左右。對方丈夫身材高大，已有點中年人的臃腫了，看起來不像是網球高手，我就不疑有他，隨隨便便地開起球來。

「啪啦」一聲，想不到我的一記好球，對方不但接得住，還趁勢反殺回來，球速之快，球勢之強勁，簡直是「驚天地而泣鬼神」，我連接都無從接起。

這一驚嚇，叫我魂飛魄散，鬥志全消。正在我慌張失措、不知如何是好之際，我丈夫忽從斜地裡衝了上來，毫不客氣地反殺回去。你來我往，殺成一片。他不但能將對方的強球以凌厲的球勢反攻回去，還能不斷地突破對方嚴密的防守陣線，打得招招漂亮、記記俐落，連連得分，連敵人都一再地叫好。浴血奮戰一場以後，終因我的表現過弱，敗下陣來。

第二回合來了一對年輕老美，個子高大，體格健碩，相貌堂堂，一看就是「打網球的料」。我一看這兩位選手的架式，就已大叫不好。再等他們發起球，玩起真的來，他們那發球之威，殺球之狠，防守之強悍，更是前隊夫妻的好幾倍。我頓時變成嚇破膽的小老鼠，好好的網球賽，變成了「躲避球」賽。

又幸虧我丈夫單槍匹馬，迎敵奮戰，忽前忽後，忽左忽右，在苦戰中打出多記又快又好又強勁的漂亮招數。

大敗兩場後，和我們水準相當的球員終於上場，棋逢敵手，交戰六場數十回合，鳴金收兵。我們贏三敗三，剛好排名正中間，贏得冰淇淋禮券一張，皆大歡喜而歸。

自「西湖之役」，吾家情勢大為改觀。丈夫下班回家，做老婆的馬上殷殷勤勤地迎上前去，噓寒問暖，笑容可掬，燒茶遞水，馬屁亂拍。有事沒事的，斜著一對三角小眼，對他偷偷打量，暗暗地思，默默地想：「想不到這個又黑又怪、又懶又散的傢伙，竟有這等身手！」忽然之間，古今中外的英雄豪傑，在我家女主人的心中，都黯然無光，不值一提了。

我的滑雪夢

在我印象中，滑雪是歐洲王公貴族的高級戶外運動。看人家從阿爾卑斯山上一滑而下，「憑虛御風」、「羽化而登仙」的風采，瀟灑得令人心折。

於是在一個天寒地凍、雪高盈尺的二月，我們一群中華兒女，擠上了一部中型轎車，浩浩蕩蕩地開往紐約羅徹斯特的滑雪勝地「別死拖」Bristol，大顯身手起來。

「會走不等於會滑」的大道理，我生而知之。「欲窮千里目，更上一層樓」，也是物理常識。我唯一不清楚的是：欲窮「雪山高樓」，得有全套滑雪裝備，並要到滑雪場去拜師學「停」。

各位不要以為「滑」是自然規律、天然法則，吾人生而有之，殊不知天生萬物，自有他的玄機奧妙。我們常說：「不小心滑了一跤。」這個「滑」絕非好事，而滑雪、滑冰之所以叫人樂此不疲，快樂如神仙，我以為這個玄機就在一個「停」字。

且說我平日居家，奔前跑後，十分活潑敏捷，一副準奧運選手之狀，一旦包裹了層層厚重衣物、穿雪靴、著雪橇、拿雪杖，我馬上變成了大木乃伊一個，有如中古時期的歐洲武士，頭戴鋼盔、身穿鐵甲，似有千斤之重。滑雪場上的高山空氣，更是「冷」酷無情，把人凍得四肢麻木，了無知覺。

征服雪山的第一步，就是到兒童滑雪場去學幾招滑雪技巧，然後這高山、這白雪就完完全全屬於我們的了。所謂兒童滑雪場，就是山不高，坡不陡，場中有上山的電動纜繩，滑雪的兒童可以隨時拉著纜繩上山，從山頂一滑而下。

在兒童場地中，連三歲小兒都會拉著上坡的電動纜繩，我才拉了不到一分鐘，就手一鬆，腳一滑，莫名其妙地跌了個正著，來個烏龜大翻身。我這邊手忙腳亂、用盡蠻力，硬是心有餘而力不足，爬既爬不起，滾又滾不開，而那下邊大批滑雪人馬又拉著纜繩蜂擁而上，眼看就要把我踩成肉餅，踏成肉醬，魂歸「別死拖」。

師傅領進門，修行在個人。當我還在頻頻製造緊張鏡頭的時候，有運動細胞的友伴早就一個個迫不及待地坐上電動纜車，更上一層樓，一窮千里目去了。他們每次下得山來，都忘不了得意洋洋地對我說：「不入深山，焉知滑雪之妙。」我丈夫有滑雪天份，一學就會，已經上山下山、來來回回地跑了好幾趟了，見我與小孩為伍，絲毫沒有長進，現在聽人勸我入山，他就在一旁拍胸打肚，再三保證，由他作「護花使者」伴我去賞山玩雪，不怕，不怕！我被他說得心動神搖，糊裡糊塗地就跟著他上山攬勝去了。

上山之道要坐吊椅纜車（ski lift），兩人一椅。我曾在電影上看過俊男美女坐在纜椅上情歌對唱，情意綿綿，非常浪漫，而我居然連纜椅都坐不上去，左試右試都落了空，管理員只好把整部纜車停下來，扶著我四平八穩地坐好，然後再發動轉軸，送眾人上山。

乘纜椅而小天下。纜椅極其簡陋，上無頂，下無底，前無門，只徒具「椅子」的形式而已，我們就靠胸前橫著的小小鐵棍一根，勉強把人攔住。纜椅愈行愈高，刺骨的冷風四面八方吹來，我光生生的兩隻穿了雪靴、雪橇的腳，平白地吊在半空之中，腳下遊人小若螞蟻，看得我喉頭打結，心頭發毛，渾身直冒冷汗。

好不容易山頂在望（其實是半山的小山頭），高空飛人的鏡頭即將結束，雙腳才剛剛觸地，說時遲那時快，丈夫一面大喊「跳！」一面把我往前猛力一推，我連翻帶滾，好好地跌了幾十呎遠。我哪裡知道電纜椅「到站不停」、滑雪人要在雙腳觸地的一刹那，順著山坡一滑而下呢？

我從雪地上爬起來，幸無損傷，抬頭一看，四周白雪皚皚，兩旁松枝帶雪，想不到的詩情畫意、雪山風光。滑雪人順著滑道的弧度，上上下下、曲曲折折，快如流星，飄飄欲仙，真好像到了九天仙宮、太虛幻境。我一時貪看風景之秀美，倒也暫時忘卻滑雪之艱難，七衝八撞地滑了好一段長路。

我剛剛覺得有些得心應手，略識滑雪竅門時，雪道忽然來了個大轉彎，山坡斜度陡然大增。我用剛學到的煞車大法，把雙腿內彎，彎都彎成一隻大蝦米了，我的身體仍以「超音速」的速度向前俯衝。

砰！我好好地表演了一個鷂子大翻身，重重地跌在地上。這一跌非同小可，怎麼也爬不起來了，一直在旁護花的丈夫，馬上折回來「英雄救美」。無奈山坡陡峭，雪橇滑溜溜，丈夫左邊扶我起來，我從右邊跌倒，他從右邊來扶，我又從左邊跌下，活像穿了棉袍的不倒翁，狼狽萬分。此時「四面八方」的滑雪客，騰雲駕霧，迎面衝來，眼睜睜地就要撞上我了，嚇得我掩面大叫。

「跌得重，學得乖」，這一跌把我跌聰明了。自爬起來以後，只要我再以等加速向山下俯衝，煞車完全失靈時，我就使出救命絕招：「一屁股坐在雪地上。」此招靈驗無比，我也就如此這般，跌跌爬爬地滑完了一座小山。

下得山來，膽子早已嚇破。丈夫好生勸慰，我都不敢再試，甘心在兒童圈內做孩子王。看看這些小蘿蔔頭，路都不大會走，穿了小小雪橇，雪杖都不用，輕輕鬆鬆地從上滑下，怡然自樂。我混在小孩當中，摩拳擦掌，煞有介事，滑起來小心翼翼，扭扭捏捏，偏偏老撞著小朋友們，不停地向他們道歉。

我的滑雪夢，到此為止，醒了！鐘鼎山林，各有天性，縱然我天資聰明，多才多藝，滑雪顯然非我之所長。日後如有歐洲國王向我求婚，我一定要慎重考慮，不能隨便答應。

如今我看人滑雪，瀟灑臨風，飄飄欲仙，羨慕之心一如往昔，只是現在更羨慕滑雪客們「有滑有停」、「能放能收」的高超本領。看滑雪高手在雪山之上，捭闔縱橫，通行無阻，原來他們所靠的就是「停」的技巧與智慧。我雖然滑雪無術，但有了這次慘跌的經驗以後，我忽有所悟：凡事如能像滑雪一樣，在「滑與停」之間取得平衡，就是幸福。

雙「新」報喜

今年新春晚會司儀出缺，節目負責人張大健校長突來靈感，認為老闆和我「老」生可畏，是可造就之材，要我們夫婦聯手上陣，權充司儀。

大家有所不知，我家老闆，平時看來調皮搗蛋，花樣百出，一副活潑大方之狀，但是一旦要他上臺曝光，他馬上羞人答答，不肯拋頭露面。幸虧那晚接張校長電話的是我，所以我才有機會對他曉以大義，喋喋不休了一個晚上，重述張校長名言，說他關某是少數唱卡拉OK不看歌詞的人。知夫莫若妻，這招果真有效，他想來想去，似乎自己還真有這麼點過人之處，態度上才有了一百八十度的大轉變。

自此以後，在千橡城的「先鋒影視店」就忽然出現一位戴千度近視眼鏡、身材瘦小、肚子微凸、神情緊張的神祕男子，他不斷地租借各種新春晚會的錄影帶回家研究，還要他太太速記錄音帶上學來的各種「新年開新運」、「新的開始、新的希望」等等吉祥話語，他自己更學得一嘴字正腔圓的標準司儀行話，天天在家練習。太太每天下班，一到門口，就有人用響亮的正宗京片子高喊「以掌聲歡迎」，把我熱熱烈烈地迎入家中；無論我做了什麼芝麻小事，都被賞以「以掌聲鼓勵」的讚美之詞，叫我好不神氣威風了一陣子。

就在這同一時期，千橡中文學校的校園內也來了一位教育局督學狀的神祕人物，他馬不停蹄地穿梭於各班級之間，仔仔細細地觀看每班的才藝排演，不時訪問各位忙得滿頭大汗的老師，然後掏出小小筆記本，忙忙碌碌、密密麻麻地記個不停，經眾人打探的結果，發現此人正是即將上任的司儀關。

醜媳婦總要見公婆，二月二十四日，新春晚會的日子終於來了。老關慎重其事地去希爾斯（Sears）租來黑色禮服一套上臺亮相，我則身穿一件改良式寬大旗袍上陣，論體型身材，男的有若臺灣電視上的瘦巴戈，女的有若他的搭檔胖鄒美儀，兩人一搭一配，一哼一哈，說起來倒有點像巴、鄒在主持他們的「雙新（星）報喜」綜藝節目。

唯一不同的是這位千橡巴戈，這位被張校長讚為唱卡拉OK不看歌詞的人，上了臺就彷彿得了嚴重的失憶症，把在家中一再練習，對答如流的臺詞全忘了個一乾二淨，好幾次他的臺詞都不得不由我代為說完。他訪問「千橡四千金」時，居然說出「請問『芳姓大名』？」這種聞所未聞的古雅用字，連臺大中文系的謝月松老師都深表欽佩。

免不了地，老關當晚回來，就被他老婆好好地數落了一番。

可是誰也想不到，第二天朋友們紛紛來電話稱讚，說是我們夫婦司儀檔最成功、最有趣的就是他老關錯誤百出的地方。聽聽看！天下居然有這種叫人啼笑皆非的事情？

這一下，他老闆可又神氣起來了：「能夠把『故意弄錯』表演得這麼逼真的，還非我莫屬呢！」

註：「雙星報喜」曾是台灣很紅的電視綜藝節目，由巴戈與鄒美儀兩位一瘦一胖的藝人主持。此處雙「新」，是指兩個「新」人所主持的「新」春晚會。

上班的女人

我一上班，就七葷八素地忙得不可開交了。

在公事、家事兩者之間，每天衝鋒陷陣似的，衝出衝進，一副十萬火急、分秒必爭、虎虎生風、咄咄逼人的樣子，「輕羅小扇撲流螢」的那種女性「閒閒美」早就無影無蹤、無處可尋了。難怪女人一上班，就成了「女強人」。

就是因為早出晚歸、手忙腳亂的上班辛苦，就免不了對自己大起憐憫體恤之心。一旦有了「為誰辛苦為誰忙」的慈悲，買東西就變得特別地爽氣。在商店櫥窗內偶爾「見獵心喜」，只要心「略」有所動，就馬上「先下手為強」，買回來再說。雖然每月的薪水少得可憐，但只要每月薪水按時到來，心理上就有「水泉涓涓，財源不斷」、十分富有的錯覺。

在「歸野山林」休息兩年後，「上班」居然給我帶來意想不到的踏實感。薪水不論高低，一旦有了「銀錢往來」，自己的能力才好像獲得了肯定。明明知道「才華」是無價之寶，不應由世俗的金錢來衡量，但畢竟自己是十分俗氣的人，竟忍不住為了上「有」勞而獲的班而歡喜。

上班以後，我在丈夫的面前也神氣威風多了。以前我做義工服務鄉梓，他就左看右看地不順眼：「這有什麼了不起？白替人家做事，誰不歡迎妳？」再不扔下句難聽的話：「反正妳在家也無聊！」被他澆了幾盆冷水，灰頭土臉地十分無趣，而現在我參加社團活動，也許是公餘地「為民服務」，就多了一層「奉獻」的「犧牲精神」，他在「敬佩」之餘，不但不再反對，還自動自發地參與我的「課外活動」。

從閒居到再歸隊做上班族，使我對工作的意義也有了新的詮釋。當一個人工作日久後，不自覺地會把自己囿限在一個狹小的空間，眼光也在不知不覺間變得狹隘起來。似乎在辦公室中，老闆上司的面孔永遠可憎可厭；同事之間明爭暗鬥、總是衝突不休；助手下屬老是惹是生非、不聽管教，久而久之，「不如歸去」的想法就變得愈來愈強烈。

但是一旦真的「告老還鄉」，才知道天下烏鴉一般黑，人際關係走遍天下都一樣。如果存心往黑暗面看去，天下哪裡沒有衝突？哪裡沒有是非？哪裡沒有「不稱心、不如意」的事？只要自己脾氣不改，走到天涯海角，人際問題就永遠存在。

我曾在報紙副刊上，時時與一些作家相見，但在剛剛與他們有點「面熟」時，他們卻突然地「銷聲匿跡」、不知所終了。那時我閒居在家，寫作甚勤，丈夫聽了我的感想，就對我擠眉弄眼，不懷好意地接嘴：「嘿！嘿！不用說，一定是找到工作上班去了。」

想不到他的玩笑一語成真，我一上班，我的寫作生涯就封刀斷弦了。在筆鏞文枯無作品見報後，才知道華文報紙的力量，好多與我認識與不認識的朋友都一再關心地問我為什麼久不提筆。原來在短短三年之中，我已「以文會友」，交了一大批朋友，由於他們不斷地關懷與鼓勵，我的網球可以不打，我的筆就停不下來了。

我愛紅娘

張專員自出道以來，一直有幾分「懷才不遇」的淡淡憂傷。她出國多年，平日交遊不廣，相知有限，與美國的權貴政要一向雞犬相聞，老死不相往來。若要求職謀差，也不知如何深謀遠慮，從長計議，只知道猛投履歷表，或是打電話找人事室詢問。由於說「no」的多，說「yes」的少，閉門羹吃多了，在她心目中，雇人的人事處，就好像是中國古代的朝廷衙門，黑箱作業，透不出半點光亮來。每次求職，為什麼被雇，為什麼被拒，幾番分析，幾番猜測，都從來沒有找出個所以然來。一旦工作找到，走馬上任，每天忙於「等因奉此」，也就懶得庸人自擾，苦苦地去追究被雇用的前因後果了。

十年河東，十年河西，誰也預料不到，在命運奇妙的安排之下，張專員竟然意外地雀屏中選，被發表為人事聘雇專員，負起聘選人才的重任。張專員也終於得以進入人事的殿堂，一窺選用人才的神祕，達到她「從內往外看」的祕密心願。

雇人與用人是門博大精深的學問，有人生而有之，有人就是讀上幾百個「人事管理」博士學位，也無濟於事。君不見，幾千年來，多少中國皇帝，熟讀《資治通鑑》等歷史巨著，以古鑑今，學習治國用人之道，結果還不是「江山代有小人出」，弄得民不聊生，天下大亂？就是雄才大略、英明有為的君主，到了選立皇儲時，還不是錯誤百出，造成了種種的歷史悲劇？

坐在甄考人才的寶座之上，幾千年的中國歷史，一一閃過張專員的心頭。伯樂要尋千里馬，千里馬也渴望見伯樂，千里馬與伯樂「千里姻緣一線牽」的考聘大事，乃千秋之大業，百年之長計，張專員自不敢有所疏忽而造成千古遺恨。

由是張專員戰戰兢兢，謙和謹慎，廣納眾議，立規章，設制度，去蕪存菁，大刀闊斧地整頓電腦人才庫，一樁樁、一件件，忙個不停！時間就在忙得天昏地暗之中，匆匆地飛過了九個多月。「九月功夫不尋常」，張專員服務的小小單位，一時國泰民安，進入了小康的承平時代。

千里馬經過張專員的考選包裝、推薦後陸續被識英雄的慧眼一一選去，各個主管也紛紛選到他們「滿意」的幹部人才。想不到一輩子作媒沒成功半次的張專員，居然有聲有色地扮起了「紅娘」的角色。

張專員在辦公室中，從經世治國的選賢與能想起，一下子想到了三姑六婆裡面的「媒婆」。哈！我愛紅娘，經世治國不成，做個媒婆倒也不錯。想到這裡，張專員忍俊不住，噗哧一聲笑了出來。

春夢了無痕

（前言：這是我多年前在拉斯維加斯（Las Vegas）招聘員工的故事。）

張專員擔任聘雇專員的人事命令一發表，馬上雞飛狗跳，天下大亂。張專員頓時有若補天之女媧，東拼西湊，捉襟見肘。一面還沒搞清楚電腦人才庫的來龍去脈，前方就已軍情緊急，十二道金牌，聲聲告急。原來遠西沙漠重鎮，賭城拉斯維加斯，人手告缺。

遠征先鋒隊的探子回來報告，說是在賭城明查暗訪，只見黃沙滾滾，銅錢咚咚，就是尋賢不見，訪才不著，現在聽到張專員新官上任，博學多聞，必能近悅遠來，招「才」進寶。

張專員得到探子的情報，低頭沉思，久久不語，心中暗暗叫苦。要到珠光寶氣、鮀衫貂裘、歡樂不夜天的國度中，聘選勤勞樸實、待遇菲薄的政府工作人員，恐怕是緣木求魚，難如上青天吧！

正在她前思後想，苦無計出之時，眾同事中忽然閃出一名智多星，前來獻上錦囊妙計，在她耳邊如此這般地說了一番。不久，求才選賢的廣告就在賭城週日的報紙上出現了。

廣告刊出的第二天，正是星期一，張專員大清早七時半到達辦公室時，已有三通電話等候。一個早上，張專員總共接到五十多通從Las Vegas打到洛杉磯的長途電話。接下來，電話連續響了三個多禮拜，張專員的耳朵都變成老美口中的「菜花耳」（cauliflower ear）了！

想不到第一次徵人的廣告就搞得如此地有聲有色、轟轟烈烈，張專員當然義不容辭，要親自出馬，前往賭城坐鎮監考。

在張專員的精心設計之下，說巧不巧的，考選人才的日子正好選在一個星期一的早上。張專員就訂了星期日的飛機，早早進賭城試手氣。說不定財從天降，在禮拜一招考之前，她已搖身一變，從一名灰姑娘，變成了一個大富婆，錢多得花也無從花起，工作要做不做的，悉聽尊便，那豈不美哉快矣？

如意算盤一打定，到了「紅鶴」大旅社，她放下行李，飯不吃，水不喝，「輕裝簡從」，搖搖擺擺，下到casino 賭場，兩手插在褲袋之中，東張西望，前觀後瞧，一副胸有成竹、懷財不露之狀。

終於在賭場一角，隱身於千百臺「吃角子老虎機」（slot machine）之中，給她找到了寥寥可數的幾臺「五分」（nickel）吃角子老虎機。

找來換幣女郎，換了拾元大鈔，她開始運用新發明的「張子兵法」：只要看見有人拉了半天吃角子老虎機，一無斬獲、放棄離去以後，她馬上一個箭步上前，在同一臺機器中，丟進五分硬幣數枚；說時遲那時快，就有一大堆「五分硬幣」稀哩嘩拉地掉了出來。這種稀哩哩、嘩拉拉的聲音，在她聽來，有若天籟，聽得她芳心大樂，竊竊自喜。

一旦得標，她馬上轉移陣地，再俟機而動。如此這般，不一會兒，她手上裝nickel硬幣的大紙杯，就沉甸甸地裝滿了一大杯了。

開心之餘，張專員也就大膽起來，跑到櫃檯將五分的nickel換成二十五分的「夸特」（quarter），以一當五，再如法炮製。果然又是左一聲嘩啦啦、右一聲唏哩哩地，「夸特」像雨點似地掉個不停，贏得張專員芳心大悅，心花怒放，忍不住對著吃角子老虎機眉開眼笑、手舞足蹈、喃喃自語起來。

此時捧著一大杯「夸特」的張專員，忽然靈光一閃，計上心來：既然五分行，二十五分也行，為什麼一元不行？頭腦一轉，事不宜遲，張專員馬上以一當四，把一大杯滿滿的「夸特」換成一堆一元硬幣（dollar），再接再厲，繼續努力。

說也奇怪，自從換成一元硬幣以後，一直神勇威風、所向無敵的「張子兵法」，忽然有失靈驗，兵敗如山倒，不到半小時，辛苦了好幾個鐘頭贏來的大堆硬幣，全部原璧歸趙，輸了個精光，一毛也不剩。

兩手空空，心中沒了「患得患失、苦心鑽營」負擔的張專員，忽然有一種四大皆空的舒暢，她就回到十樓房中，把滿手銅臭的黑手，仔仔細細地洗了個乾淨，然後再到樓下餐廳享受晚餐。

走過密密麻麻的「吃角子老虎機」叢林時，耳中不斷傳來：這邊叮叮叮，那邊噹噹噹，盡是中獎之聲；這邊稀哩哩，那邊嘩啦啦，盡是贏錢之音。

富貴與我如浮雲，現在的她對「聲色」的誘惑已無動於衷。張專員閒閒而去，閒閒而回，閒閒地吃了一頓「清心寡慾」的晚餐。

第二天在咨爾多士、人才濟濟的考場上，張專員顯得特別地精神奕奕，威風凜凜。經歷了昨夜的一場「無中生有、有中變無」、鏡花水月般的離奇遭遇以後，張專員已有看破紅塵之心。於是她決定暫時放下發財美夢，至少到下次再來Las Vegas之前，她要做一個盡責的聘雇專員去了！

註：現在的「吃角子老虎」機，已改用紙票記帳，不掉硬幣了，現在的nickel machine就更少見了。

童年往事

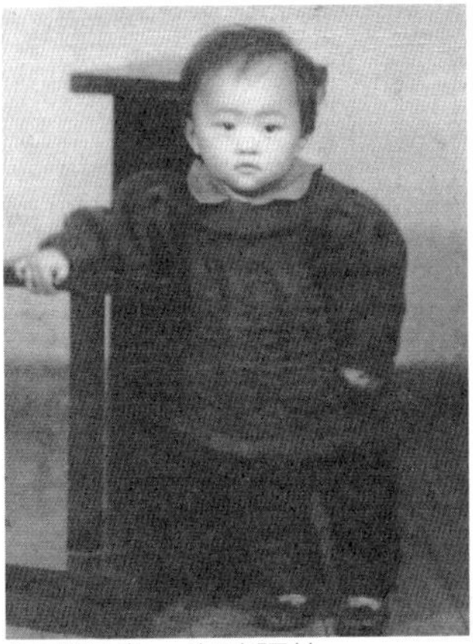

作者張棠一歲時照片

我媽說我命好，一生下來，日本人的「疲勞轟炸」就停止了，否則的話，我還不一定能活到今天。

當日本飛機天天來炸重慶的時候，大家成天慌慌張張地躲警報，在防空洞裡，只要有一個小孩得病，其他的就跟著遭殃，好多嬰兒就這樣夭折了。

雖然我爸媽是浙江人，我們三個小孩卻說一口四川話，就好像今天在美國出生的小孩說英文一樣。我媽說我小時候很討人歡喜，四歲左右就會牽著小一歲的弟弟，跟在外婆後面，神氣活現地上街，賣菜的、挑擔的，都是我的老朋友，一路忙著打招呼，認識的人比外婆、媽媽還多。

我媽手巧，很會織毛衣。據我媽說，我穿著她打的漂亮衣裙在門口玩，就曾有陌生人跑來給我拍照。抗戰時期，人民生活清苦，有照相機的人極少，每次媽媽提到這件事，我都覺得不可思議。

抗戰勝利後，我家搬到江西廬山，我開始上小學一年級。廬山是有名的避暑勝地，我到現在還記得廬山夏天的蟬嘶，我甚至可以看見那個小小的我，在響亮的蟬鳴聲中，趴在教室課桌上睡午覺的情景。

到了小學二年級，我被老師選出來參加演講比賽。那個年紀的我居然會站在一塊大石頭上練習演講！比賽的結果我拿了第一名，爸媽都高興極了。媽媽後來一再地說，我人雖小，卻能在大舞臺上表演自如，好像整個舞臺都是我的。只可惜我人生最精彩的一次表演，就在小學二年級那年結束了。以後我一上臺就拘謹不安，沒有講稿不會說話。小時候的活潑天真，怎麼不見了呢？

在廬山，我們三個小孩闖過一次大禍。當時我們家的客廳中有一座高及天花板的玻璃櫥櫃，裡面放的全是景德鎮的上好瓷器，是我媽精挑細選買來的。

有一晚，爸媽外出作客，我們三個小鬼和年輕的男工玩「躲貓貓」（捉迷藏），一時想到大櫥後面那扇不用的門來。我們自以為聰明過人，三人一起鑽進門框和大櫥間的空間，竊竊嘻笑，你擠我擠，好玩呀！好玩！說時遲、那時快，轟隆一聲巨響，龐大的櫃子齊齊整整地向前倒去，瓷器碎了一客廳，一櫥櫃的藝術精品就這樣報銷了。

一看闖了大禍，三個調皮搗蛋、活蹦活跳的小孩，嚇得乖乖上床、早早睡覺，等待即將來臨的狂風暴雨。果真，第二天一大清早，就被媽媽從被裡抓了出來。

還有一次，廬山大火，我抱了餅乾筒，背靠著慌忙中搶出來的細軟，坐在街邊，看著強勁的火勢，一家一家地燒下去，滿城的紅光，把黑夜照得通亮。我坐在街頭，又睏又怕地過了極恐怖的一夜。

小學二年級上了一半（那時有二上、二下的分班），我們家搬到上海。到了十里洋場的上海，我變成了鄉下土包子。在學校裡，有些霸悍的男學生，見我傻傻笨笨的不伶俐，又不懂上海話，對我很不客氣。我就曾被一個男同學莫名其妙地揍過一拳。那時我爸是警察分局長，我們家就住在警局大廈的樓上。有天我下課回家，同學見我走進警察分局去，都嚇了一跳。我聽見他們說：「原來她是巡捕房的人。」上海話巡捕房就是警察局，想來上海人是怕巡捕房的，以後他們就對我十分客氣了。

可惜好景不常，在上海才住了三個多月，共產黨就逼近了，上海市面一片混亂，每天都聽到遠方的砲聲，悶悶地響個不停。爸爸的薪水上午才拿了厚厚的一疊，下午就只夠買電車票了。大人們成天緊張兮兮的，談來說去的都是我聽不懂的時局。

爸爸公務在身，只好由媽媽奉了外婆，帶我們小孩先去南方投靠媽媽的表哥。爸爸來送船，一船人都神色慌張，心事重重，嗡嗡地低聲談話。一直到今天，我只要聽見一片嗡嗡人語聲，就彷彿回到了上海揮別的那一刻。

我們到了福州，時局已經相當緊張，紙幣早已沒人用了，房租都要用米來支付。我在街頭看人用碎銀子買燒餅，一點小碎銀子，用一個小秤，秤來秤去的，十分有趣。

因為時局大亂，學生無學可上，我就跑出去和鄰居小朋友學福州話，再不就和弟弟們用已不值錢的金元券摺紙船、摺小球、摺小猴子。

當時和我們一樣逃難逃到福州的人很多。我們樓下住著一個逃難來的大學生，在鄰居的小孩當中，他特別喜歡我，常常騎腳踏車帶我出去兜風。有一次他在院子裡擺地攤賣東西，我跑過去看熱鬧，他就順手送了我一本書。我那時才六七歲，字認得不多，我翻了一下，看到「言慧珠」幾個字。我雖不知什麼是言慧珠，卻很珍惜這個禮物。在物質極貧乏的年代，這本後來才知道是「京劇腳本」的書，一直跟著我到了臺灣。

就當我們一家老弱婦孺在福州苦等時，上海失守，爸爸下落不明。一家人忐忑不安地過了好一陣子，爸爸才突然在福州出現。在妻子兒女的歡呼聲中，爸爸說他在上海淪陷的最後一刻奉命撤退，好不容易趕到黃浦江口，子彈滿天飛，他擠上了一條江輪，用手槍逼著船長開船，才奇蹟似地去了定海。

在定海機場，爸爸遇到昔日長官經國先生（蔣經國），他就跟經國先生去了臺灣。後來經國先生聽說他的家眷還在福州，就幫他買了機票來接我們。（在那個時候、那個年齡，聽爸爸講他的遭遇，好像是小說情節。）

誰知去臺灣的船票才剛買好，福州淹大水，我們住的地方高，只淹到大門口，大街變小河，房東把大門拆下來當船，划出去買菜。我們一家人焦急地過了好幾天，還等不到水退光，就匆匆地離開了福州。幸好水上警察局長是爸爸的朋友，他用汽艇送我們到馬尾上船，這才把我們一家人的性命撿了回來。

我們坐的是貨輪鳳山輪，沒有客艙，爸媽特別商情船員，花了銀元，讓了上下兩個鋪位。爸爸等貨裝完了，在蓋了木板的貨艙上面，和幾百個人一起，搶了一席之地，剛夠一個人躺臥。

剛開船時，外面風涼，又有風景好看，小孩都爭著要陪爸爸睡露天。也許是上天有意的考驗，船到半途，進入了颱風的邊緣地帶，船在風浪中一掀一跌的，一船人都吐得天翻地覆，我這個暈船大王的表演，自然特別精彩。我這一暈，就是到了基隆港也爬不起來了。

戰爭本是一個悲劇，但是我在父母壯碩羽翼的呵護下，雖歷經戰爭，卻一再地逢凶化吉，沒有受到什麼苦楚。正如我媽所說，我確實是非常幸運的人。「生於憂患」、在戰亂中成長，該是我童年的最佳寫照了。

老師，祝您壽比南山

北二女張卜庥老師與師母秦志嫻

一九九七年六月是我高中國文老師張卜庥的八十大壽。

張老師春風化雨五十年，教過的學生，每年以一百名計，五十年下來，至少也有五千人。在張老師五千學子之中，「立德，立功，立言」的大弟子應當不止七十二人，自古以來向老師拜壽這種大事，都是大弟子們的專利，再怎麼也輪不到我這排名第五千的小弟子來多嘴多舌。然如今民主時代，沉默的大眾也要有民意代表為他們喉舌，我雖無他長，卻一向好管閒事，又和張老師有過一段文字因緣，由是我自告奮勇，願以小弟子的身分跟張老師拜八十大壽，感謝老師的教導之恩。

張老師是我臺北第二女子中學（今中山女高）的教務主任，「記得當時年紀小」，我們這一群「中華的好女郎」（北二女／中山校歌），在每星期一的全校週會上，都得聆聽校長王亞權、訓導主任吳學瓊，以及教務主任張卜庥三大巨頭的「長篇大論」。現在回想，這些做人做事的大道理，在那「有女未長成」的年紀，是應該聽的，而在當時「聽訓話」卻絕非我們小學生之所愛，大家一有機會就想逃週會。

張老師每週用四川話演講，我聽了好多年，只記得他講的都是「大道理」，內容卻一點也記不得了。我雖然對老師的「訓詞」早已忘記，然日後我的為人處事，據朋友說，是相當「君子」的；我一板一眼的「死腦筋」，也很合乎老師們的說教。可見諸位老師們的高論，我是聽到了的，老師們可以放心了。

我高一時，張老師以教務主任的身分兼了一班高一的國文課。張主任這一兼課，就兼對了——他教了我們這一班滿可愛的學生。

張老師做教務主任時，我們覺得他道貌岸然，一本正經，現在他做了我們的國文老師，才知道老師學問淵博，幽默風趣。我們那一班，班風活潑卻保守，學生調皮但不搗蛋，所以張老師風趣雋永的幽默，特別受我班同學欣賞。當年我班的最愛，就是全班同學在嘻嘻哈哈中，爭閱張老師在同學週記上的評語。

那個時代，政府剛遷臺不久，幽默尚未流行。受了張老師的感化，我班同學遠在五〇年代，就開始嘗試「幽默」小品的寫作了。我日後寫文章，走的幽默路線，就是那個時候萌的芽。

可惜的是，張老師教了我們還不到一年，就到政工幹校當教授去了。想來這次的榮升，對老師的事業和前途必是好事，然而消息傳來，我班同學卻難過萬分，頹喪不已。日後，我們高中同學見面，最愛談的就是張老師和他的幽默。「有心種花花不發，無心插柳柳成蔭」，老師一定想不到他所教的四書五經、詩詞歌賦，早就被我丟到爪哇國去了，而從老師那裡學來的幽默卻終身受用。

再見張老師，是在一九九一年。那時我投稿甚殷，一日靈感大發，回憶兒時，白衣黑裙，思念故人、良師益友，由是寫成〈往事只能回味〉一文，承蒙《世界日報》薇薇夫人採用登出，但題目被改為比較積極的〈良師益友助成長〉。我在文中提到張老師和他的幽默，誰知文章登出不久，我竟收到張老師的來信。原來張老師的一位朋友，看到了這篇文章，特別從東部打電話到休士頓，通知老師，老師再請《世界日報》轉信給我。

和張老師聯絡上不久，在南加州校友會董復原會長的安排下，老師、師母在洛杉磯「小臺北」和北二女校友見面聚餐。老師風采依舊，健談如昔，只是，叫大家吃驚的是，老師不說四川話，而改講京片子了。更奇怪的是，老師說「北京話」才是他的母語。那麼老師當年在北二女，為什麼要說四川話呢？老師解說了半天，我都似懂非懂。不過從老師兩種言語都說得極「溜」這點看來，張老師絕對是個語言天才。

張老師回休士頓後，顯然沒有閒著，因為不久以後我就收到老師的《詩詞選註》。這本手抄本，除了注釋詳盡之外，對我而言，最大的享受是欣賞到老師的一手好字。

可能就在寫完《詩詞選註》以後，老師開始用電腦寫作。日後我連續收到老師用電腦書寫的「大頭書」（大頭書者，看了就叫人「頭大」之書也），計有：《莊子內篇精義》、《韓非子選讀》、《中國思想史淺說》、《中國造字的智慧》、《詩詞選註》、《教學偶得》等等。張老師他有所不知，我出國日久，不要說研究中國文學，就是寫起中文來，早就詞不達意、白字連篇了！

老師退而不休、用功治學的精神十分了不起，受到老師的精神感召，我勉強把老師寄來的作品慢慢讀來。我久居番邦，已成「化外之民」，現在重讀古書雖然辛苦，倒也讀出了一些心得，我的國學知識因而大進。說來老師的這些巨作，正好彌補了老師當年教我班未教完的遺憾，而且這次有書為憑，我就是再想撒賴，說記不清老師的「大道理」，也找不到藉口了。

為了感謝張老師早年教我國文之「苦勞」，也謝謝老師近年來贈我書籍、「函授」我中國文學之美意，我現在謹以此文獻給一位教學生們「幽默」的拓荒者，祝老師福如東海，壽比南山。

我的文章不中不西，一定夠不上一位國文老師的標準，但我寫此文的用心是絕對真誠的。

註：名詩人瘂弦（王慶麟）也是張老師的學生。

附　張卜庥老師遺作〈北二女雜憶〉

我是民國三十九年（一九五〇年）七月隨從王亞權校長，到校接任教務主任之職的，那時距離臺灣光復已經將近五年，也是大陸撤守將近一年之期，秩序已大致安定。前任校長是鄭英勵女士，是位老好先生，所以對老師及學生比較放任，因之校中的讀書風氣並不濃厚。加以過去日治時代遺留的習慣，一般人只是讀到公立學校（國民小學）畢業為止，女孩子能讀上中學已經是了不起的事啦！所以能上第三高女，便是一張光輝燦爛的結婚證書，說這所學校為新娘學校也一點不為過，至於進而深造，幾乎是沒有人想過的事。記得我到校的第二年，高三畢業的一位陳姓同學，每學期學業平均都在九十分以上，如果去投考臺灣大學，定是勝券在握的，但是她就是不肯報名，我勸說她不下十次，她就是堅持不考。二十年後，偶爾在士林菜市場遇到了她，談起過去的一段，她也深感後悔不已！

北二女的前身第三高女的創建，也有一段故事。第一女高是早就有的了，但是它只收日籍學生，就是極少數的臺籍生，也是家庭條件很特殊的才進得去。後來一些有志之士發起，捐錢辦了第三高女，就連那幢大樓也是比照一高女（北一女）的樓修的，而且要比它的更為堅固。那幢大樓的確是堅固異常，二次大戰末期，美國飛機曾經投中兩顆輕磅炸彈，可連屋頂都沒有炸透，稍加修理就復原了。不過在樓頂的邊欄水泥柱上，還留下許多炸片的遺跡，不曉得諸君在校幾年，可曾注意到過沒有？

大樓的走廊，在一排向南的窗戶之下，有一排上下幾層的小櫃子，諸位知道是幹什麼的嗎？那是三高女時代，學生到校，都要脫鞋子，穿襪子進教室，因為教室裡鋪的是榻榻米，大家都是席地而坐，十分的家庭化，也是一種特色！學校雖是臺灣人興辦的，可是教師卻是清一色的日本人！因為日治時代，臺灣人只能學醫學、藝術、農技、家事，至於理工、法律、財經、文學等等，都是不准蹤的！所以臺灣光復之後，日本人遣送走掉了，第一女高的女生也大都走掉了，來了一批接收人員的女兒頂了缺，當然也來了一批教師撐起了學校。第三女高學生沒變，只是老師全變成閩粵一帶的人了，這便是北二女的來由！當然早期的老師素質並不太整齊，但是他們的熱心仍是值得稱許的，尤其是和家長們的連繫，以及師生之間的情感，真是水乳交融的。所以在二二八事變的時候，暴民到處找外省人撲殺，北二女的幾十位家長，率領著高中部的學生，住進學校，環著學校的圍牆巡邏，阻擋著暴民進入學校逞兇！這是那一批老師親口告訴我的。

我們到校時已是大陸撤退後一年多了，北二女也接收了一批大陸學生，她們沒有家產可以依賴，所以非要升學深造不可，讀書非常認真，也因此帶動了非常好的風氣，也開始有漸進的成績。例如我進校教的第一班高三智的學生，就有三分之二的人進入了大學，也不乏後來頗有成就的。當然現在看來不算什麼，可是在當時是足以告慰的了。

王（亞權）校長對我十分信任，也放開手讓我去籌劃一切，所以學校的一切規章制度，都是那時候研究制定的。而且為了具體的考核成效，我每個禮拜天都在學校教務處檢查各班作業以及筆記本子，沒有清閒過，也逼得老師們個個認真不敢輕忽！

後來臺北的五省中聯合招生，第一屆就是由北二女承辦的，由報名、插花（註）、填座次、選擇命題、入闈印刷、印卷彌封、分配監考、收卷保管、分配閱卷、複閱、拆封登記、按志願分發、榜單分送報社、寄發通知，都是我一手籌劃而且執行的。記得登記之後，五位校長連同我帶的三位工作人員，集中在新北投養氣閣旅舍，共同檢查各個步驟，然後分發，我四十六個小時不曾合眼，一直到事事完成，深受五位校長之讚許，也傳誦一時。所以四十三年夏，我要離開北二女時，建中的賀（翊新）校長、北商的吳（仕漢）校長，都極力邀我去接任他們的教務；甚至於兩年之後，我在政工幹校教學很固定了，成功中學潘（振球）校長接任省訓團團長，還一再邀我去擔任教務組長，他們都認準了我的工作韌性！

北二女的行政效率，是足以自豪的。當年的省教育廳，不論二科科長黃季仁，以及廳長陳雪屏，遇到中等教育方面的問題，都會徵詢我們的意見。有一次參加陳廳長的早餐會報，在廣州街中心診所餐廳，陳廳長知道我很會吃，特別交代給我雙份的份量，引來一場訕笑。就是教育部長程天放，也常常垂詢我們的意見。所以後來王校長離開北二女，到教育部做中等教育司的司長，都是有淵源的。

註：插花，指考試時將各校考生分開雜坐，以防作弊。
「臺北五省中」是「北一女，北二女，建國中學，成功中學與師大附中」

北二女金慶同學會記盛
——「中山愛、師生情、姐妹心」

緣起

二〇〇六年，是我們北二女中四十五／四十八屆初中畢業及高中入學的五十年金慶。

四十五／四十八屆同學會由同學朱立立發起，於二〇〇四年九月乘遊輪遊墨西哥。同學們在船上朝夕相聚，玩得盡興，就決定以後每兩年聚會一次，並推選我為二〇〇六年金慶同學會的召集人。

金慶晚宴

我和朱立立、袁祉、張巧冬同學就成立策劃小組，提出四個旅遊方案，結果以「回臺灣、遊日本關西」得票最多；策劃小組也就順從「民意」，舉辦了「遊臺北、返母校、舉行金慶晚宴、遊日本」等各項節目。

我們本來以為日本離臺灣近，臺灣同學來去方便，我們旅美同學也只要多交一百元，就可先回臺北再飛日本。只是想不到這三天的臺北行，竟是這次「金慶」中最辛苦、最費時費力的一段。幸虧在臺灣的嚴鈺珍、杜雲仙、孔如明、吳德文等同學，二話不說，一肩挑起重任，出錢出力，任勞任怨，克服了種種困難，使金慶大會得以在臺北「空軍軍官俱樂部」盛大舉行。

晚宴之中，衣香鬢影，熱鬧非凡，從世界各地趕來參加的老師同學與家屬，多達一百二十五人。老同學們在分別四五十年後，乍然相見，狂喜驚叫之聲，此起彼落，不絕於耳。

《非凡新聞E週刊》記者在報上看到我們金慶的消息，前來採訪。記者王怡方是中山女高畢業的學妹，她不但第一晚全程參與我們的大會，第二天還隨團同返母校，她在週刊上所寫的文章，表面上看來是寫我們這一屆的人與事，而實際上她寫的是北二女風采。

杜雲仙同學費盡心思，找到八位老師前來參加金慶晚宴，他們是楊蒙中（美術）、管式訓（地理）、王潤玉（地理）、余仁培（理化）、郭仲寧（國文）、鄭翠芹（理化）、黃彬彬（體育）與黃明月（音樂）老師。住在麻州的地理老師吳興柔，是我們同學會的支柱，二〇〇四年墨西哥同學會，她是唯一參加的老師；這次她不但早早報了名，還約了余仁培老師同行，想不到就在啟程之前，她忽然生病住

北二女高中同學穿軍服照

院，無法參加。後來聽說吳老師的病情好轉了，大家才轉憂為喜。

別以為學生們都年入花甲，老師們一定步履維艱、體態龍鍾吧！錯了，錯了，大錯特錯了！我們的男老師瀟灑依舊，女老師也風采不減當年。晚宴中最得意的莫過於楊蒙中老師了，學生席慕蓉當眾感謝他的啟蒙之恩。楊老師記憶力奇佳，五十年後還記得席慕蓉是義班的學生。

由郭郁如同學請來的職業攝影師，意外地成為大會的靈魂人物。他年輕，有活力，聲音大，有耐性，又有幽默感，在嘈雜的歡笑聲中，全靠他的幽默和大嗓門，控制場面，營造氣氛。

臺北同學為了歡迎海外同學，

極為費心。吳德文同學以「臺北的天空，有我年輕的笑容」為主題，配上陳淑姬同學贈送的鮮花，把空軍軍官俱樂部，打扮得十分標緻；八位臺北同學，慎重地去拜師學舞，以民族舞蹈來歡迎佳賓。她們更有心地為大家安排了一個輕鬆的團體舞，臺上臺下，阿嬤阿公「雞飛狗走」，跳成一片。為了投桃報李，美東、北加州、南加州同學也相繼以舞相報。我想這就是愛因斯坦的「相對論」吧，和老同學們在一起，想老也老不起來呢！

重返母校

多少年來，穿白衣黑裙回母校的鏡頭，常在我夢中出現，但真的回去了，相逢有如在夢中。一直到現在，我還在不斷地自問：「這是真的嗎？我真的回到北二女去了嗎？」

在和母校初步聯絡的時候，我只想到回母校一趟不容易，就請負責聯絡的杜雲仙同學，向母校要求給我們一個和學妹們交流的機會，完全沒想到這天真的一廂情願，會給母校帶來多少麻煩。尤其在聯絡的過程中，丁亞雯校長退休，景美女中校長黃郁宜接替，母校有了新校長。

幸好新上任的黃校長善體人意，她和學務主任蕭穗珍，動員全校師生，以「中山愛、師生情、姐妹心」為主題，讓我們「少小離家老大回」的校友，得以和師長學妹們共度了一個溫馨的下午，我們既感謝，又感動！

北二女校門依舊，只是校名從「臺灣省立臺北第二女子中學」，改為「臺北市立中山高級女子中學」，當然國父孫中山的銅像也是以前沒有的。以前北二女大門，門禁森嚴，上學放學，都有訓導主任、軍訓教官把關，她們用比老鷹還厲害的眼睛，掃描每一位學生的穿著與舉止，一直到現在，我偶然想起她們來，依然又敬又怕！

逸仙大樓一如往昔，窗明几淨，一排長廊。黃校長任我們校友四處參觀，我和徐潤蘇同學得到機會，從正門樓梯直奔三樓，找到往日的高三義班，學生們正好下課，在走廊上親熱地招呼我們：「學姐們好！」（我們居然有些靦腆，說不出話來。）很快地我們就找到了當年後排靠窗的兩個座位，那正是四十七年前我們的座位——世界變了，學校變了，而我們的教室，我們的桌椅竟然和以前一模一樣。

學妹們在操場上跳有氧舞蹈，她們的運動服，當然不是我們當年的黑色燈籠褲。以前參加班級接力賽，似乎永遠跑不完的操場，現在變得非常迷你。僑生住宿的「道南樓」不見了，學校被四周的高樓包圍了起來，一牆之隔的「美國學校」（American School）早已沒了蹤影。

中山女高現有學生三千，因為只有高中，每屆學生人數多達千人；我們當年因有初、高中兩部，高三學生就只有三百人而已。這次學校安排高三學妹到禮堂來和我們相見，在去禮堂的路上，我們看到佈告板上貼著學生寫的詩（新一代的詩人誕生了）。在現代化的大禮堂裡，年輕的老師在指揮學生合唱，學生仍穿著白衣黑裙（北二女的精神標誌），只是頭髮長短不一了。

黃校長是位文雅高貴、和藹可親的校長，她幽默地對學生說：「她們是妳們五十年以後的樣子……」（學妹們，妳們五十年後的樣子很不錯吧？）余仁培老師、王效蘭（《聯合報》創辦人王惕吾之女）、朱立立（作家荊棘）、吳德文同學和我都上臺做了簡短的演講，可惜大家想說的太多，時間卻太短，五點鐘一下就到了。

校歌的音樂響了起來：「我們是中華的好女郎，新時代的任務在擔當……」一千多人齊聲高唱，歌聲響徹雲霄。校歌，從來沒有這麼好聽過。在一片響亮的歌聲中，我忽然感到驕傲填膺，激動不已，流下了眼淚！

我們還沒走出禮堂，就收到了黃校長珍貴的禮物，這是我們一下午活動的照片集錦，每人一張，上面寫著溫馨難忘的：「中山愛、師生情、姐妹心」九個字，我們驚喜之餘，不能不佩服黃校長的用心，與蕭主任的效率。

五十年過去了，時代不同了，校名也改了，如說中山與北二女之間有所不同，自是理所當然，意料之中的事，然我這次返校，居然發現，中山／北二女一脈相承，相同相通之處，並未隨著時代的改變而有所變化。

遠在五十年前，北二女就有宏偉的校舍、優秀的老師、豐富的藏書，除了國英數、史地、理化、生物之外，還有很好的音樂、美術、體育、勞作，烹飪、理化實驗等等課程，多年來北二女／中山女高人才輩出，享譽全臺，那絕對不是一個偶然！

日本關西之旅

十一月一日，我們師生等一行八十餘人，浩浩蕩蕩地飛往日本大阪，開始了大阪、京都、奈良行。進美食、逛寺廟、賞菊花、乘火車、泡熱湯……。日本的秋天真的很美，加上導遊（京都大學博士生Carol）的動人解說，六天一下子就飛逝而去了。

金慶之後

金慶後，每人收到金慶之旅的DVD一份，這是郭郁如同學和她老公賴其鵬的精心傑作。這張富有歷史價值的珍寶，製作精美，內容豐富，除了金慶同學會的全程錄影與照片之外，還有我們北二女時代，白衣黑裙、清湯掛面的歷史照片。這張DVD把過去與現在的我們，緊緊地連接了起來。

「那些握過的手，唱過的歌，流過的淚，愛過的人，所謂的曾經，就是幸福。」（席慕蓉）金慶結束了，我們的人生，又增添了美好的一頁，正如席慕蓉所說的：「曾經就是幸福。」

註：因為聯考的關係，我們這一屆的同學，有人在北二女讀了三年，有人讀了六年，畢業年數因而各有不同，所以我們就以民國四十五年，大家同在北二女的一九五六年來慶祝金慶。

北二女高中畢業紀念照

「臺大第三女生宿舍」憶往

台灣大學校園

二〇一〇年十一月，我去臺北參加「海外華文女作家協會」大會，因大會會場離臺大校總區不遠，我就在報到之前，特意繞道臺大，去探訪我曾住過的第三女生宿舍。

我於一九五九年考上臺大，在羅斯福路的校總區上課。當時校總區只有兩個女生宿舍：第五女生宿舍是僑生宿舍，另一個就是第三女生宿舍。

一般學生宿舍，每間上下鋪四床八人，但因宿舍不足，我住的是一個十八人的「大統艙」。當我搬進去時，其他的十七位室友都已安居樂業（學業），她們都是來自臺灣中南部各女中的精英，讀書非常認真。最叫我羨慕的是，才大學一年級，就有幾位在當時的《中央日報》副刊上發表文章了。

臺大正門對街有一排商店，到了下午四五點，起士麵包出爐，香氣遠傳，我是每天去麵包店買麵包的「進香團」團員。剛烤好的起士，黃澄澄的一層，覆蓋在香噴噴的麵包之上，一口咬下去鬆軟香甜，真是人間美味。當時臺灣的麵包極其簡陋，這家麵包店首開先例，十分難得。我上課有時遲到，但到麵包店買起士麵包卻從無耽誤。

臺北天氣濕熱，宿舍沒冷氣（當時尚不知冷氣為何物），空氣也不流通。我晚飯後在宿舍看書，總覺得煩熱不安，頻頻找人說話。只要聽到有人問：「誰要去福利社吃冰棒？」我總是第一個回答：「我！」

去福利社要經過一排走廊（忘了是哪一個系館），到了黃昏，臺大情侶，雙雙對對，在廊下約會，我們小女生結隊經過，大驚小怪，視為校園奇景。

臺大福利社的冰棒非常有名，是臺大農學院研發出來的成品，其中以花生冰棒、紅豆冰棒最為好吃。冰棒材料足，味道濃，甜味適中，與當時流行的「清冰」相比，簡直是天上人間。如今這些冰棒在臺灣街頭依然受人歡迎，只恐怕沒有多少人記得臺大農學院的研發之功了。

臺大社團多，好幾個室友都是合唱團團員，我經常在洗衣間裡聽她們練歌，唱：「When the sun says good night to the mountains.（夕陽向群山道晚安。）」不久前，我的朋友寄給我一個powerpoint 幻燈片，上面用的音樂竟然就是這首「夕陽向群山道晚安」，使我驚喜不已。我告訴這位朋友，我最後一次聽到這首歌曲時，才只有十八歲。

細雨中我在傅園旁邊找到了第三女生宿舍，現在的宿舍完全不同了：以前只有兩層樓，我們的寢室在二樓第一間，門口有一排對外的走廊；現在的宿舍有好幾層樓，全封閉在樓層之中。聽說我是校友，年輕的管理員非常熱情地招待我，我說的這個那個，她完全不知道。她熱心地告訴我：「我們這裡有一個做了二十多年的管理員，她一定知道妳講的那些地方。」我笑了起來：「她也不會知道，那是五十年前的事了！」

煙雨濛濛，棕櫚依舊，我在雨中尋尋覓覓。想不到五十年過去了，五十年前第三女生宿舍的那些人、那些事在我心中依然清晰，依然鮮活，依然生動。

李兆萱教授百歲

一九〇六年，地牛翻身，美國舊金出發生了舉世震驚的七點八級大地震，臺灣嘉義縣民雄鄉也發生七點一級大地震。一九〇六也是女權萌芽的開始，這一年芬蘭開風氣之先，成為歐洲第一個賦予女子投票權的國家。

就在這一年的中國，一位新時代的女性，李兆萱教授，誕生於江蘇南通。

李兆萱教授是一位奇女子，她出生於一個富裕的家庭，父親是南通鹽墾事業的實業家，遠在七八十年前，大部份中國人尚不知「會計」為何物時，她就遠赴美國密西根大學，修習會計，獲得經濟學碩士學位。

臺大初等會計教授李兆萱

在密西根州，她遇見了當時讀教育的沈亦珍教授，婚後夫婦兩人雙雙回國，育有二男二女：沈中一、沈定一、李懷安、李明安。李教授思想先進，為了紀念視她為己出的二叔母，兩個女兒

臺大商學系同學與百歲教授李兆萱合影。前排（左起）：李玲玲、寇瀛平；後排（左起）：趙榆華、張棠、朱運琦，臧蓓

從母姓，因叔母名「安素」，長女更取名懷安，以懷念叔母之恩情。沈教授體諒愛妻孝思，欣然應允，在百年前的中國，這種開明的想法與做法，幾乎聞所未聞吧！

從美國回國以後，李教授相夫教子，作育英才，教學著書，和沈亦珍教授分別為臺灣的會計與英語教育，打下了堅實的基礎。沈亦珍教授所編著的英文教科書，是臺灣中學生的必讀，如今從臺灣來的人，幾乎無人不知沈亦珍教授。

一百年匆匆飛逝而過，李教授晚年在洛杉磯退休，兒孫滿堂，一門七教授，個個優秀傑出。沈亦珍教授已於一九九三年以九十四歲高齡辭世，現在李教授獨居一幢寬大雅致的兩層樓房（二公子沈定一住在同一條街上），雖年至耄耋，仍耳聰目明，勤做運動，日日看書、看報紙。她很會安排自己的生活：她喜歡請學生吃飯，學生也時時去看她，並接她去參加各種活動；她每週都去教會參加團契，背誦經句，是教會中最受歡迎的長者。

臺大的初等會計課

李教授在臺大商學系教授「初等會計」長達二十四年。「初等會計」（簡稱「初會」）是臺大商學系的必修，李教授在商學系把關，二十四年如一日，桃李滿天下。如今學生們在臺灣執工商業之牛耳，尤其會計一門，代代相傳，連綿不斷。根據臺灣最近的一項民調，臺灣的會計系，以臺大聲望最高，是「全臺灣會計之龍頭」。

李教授以教學嚴格著稱，進入臺大商學系的莘莘學子，剛剛寒窗十數年，好不容易過五關斬六將，擠進了臺灣大學的窄門，正想來個「春天不是讀書天」，把書本往旁邊一扔，大玩特玩一番，馬上就有李兆萱、邢慕寰（經濟學）兩大教授，像是神荼、鬱壘兩門神，在廟門口把關。

兩位教授教學嚴謹，採用英文原文課本，逼得學生查英文字典，查得昏頭轉向。李教授的「初等會計」更叫人陷入迷魂陣中，借來貸去，一張公司行號的「資產負債表」（balance sheet），一算再算，永不平衡。幸虧商學系同學，都能再接再厲，努力不懈，在八卦陣中，奮搏而出，日後出了不少CPA（會計師）、會計博士、銀行總經理等等人才。臺大商學系學生，以會計為終身職業者，人數極為可觀。

所謂「初等會計」，其實就是一種科學的記帳方法，用「雙項登錄法」（double entry記帳。也就是每一筆金錢的「收入」或「支出」各在左右雙方登錄，左方為「借」右方為「貸」，如果記載正確，就會左右平衡（即借貸平衡）。用這種科學方法記帳，不但可以減少登錄手誤，更可防止帳務弊端。

然會計入門之所以困難，在於觀念而已。會計上所謂的「借貸」與我們日常的「收支」觀念是不盡相吻合的，因此對初學會計的人，最大的錯誤，就是硬要將一般生活上的收支字彙，強行用在會計理念之上，由是「借方貸方」，成為罹患「會計恐懼症」學生們的終身夢魘。

李教授對臺大學生期望高，教學極嚴，每次上課，她「身著深色旗袍，頭髮一絲不苟地在腦後挽成髻」（學生趙榆華的形容），腋下夾一四方形的皮包，準時上課，上課必點名。

每週六（唉，星期六！），會計助教帶學生在大禮堂中做習題，一做四五小時。習題既多又難，第二題要用第一題的答案，第三題要用第二題的答案等等，因果循環，一有小錯，全盤皆錯。這個時候，同學之間，爭相討論，借貸有聲，愁容滿面，苦海無邊。想不到因上會計一課，反而培養了同學間同舟共濟、患難與共的「革命感情」。上實習時最受歡迎的人物，就是幾位由商職來的同學，他們的會計在商職時已打下基礎，算盤打得啪啦響（當時還沒有計算機），在一般「女中生」、「男中生」面前，神氣得很！

當時臺大商學系，還有一特色，就是「僑生」人數眾多。華僑學生來自世界各地，以港澳與東南亞為最多，其中成績極優秀者大有人在，但也有許多僑生連聽國語、看中文都十分費力。就因為僑生素質參差不齊，所以每次考試下來，「墊底」的常是僑生。當時我們曾不明白，為什麼本地生考臺大，千辛萬苦，而僑生程度良莠不分，一律照收。幾十年後，臺灣經濟起飛，在國際上飛黃騰達，號稱「亞洲四小龍」，跨國貿易，天涯若比鄰，「僑生」遍佈世界各地，通風報信，攜手合作，對臺灣國際貿易的成功，功不可沒。現在回想起來，不能不佩服當年政府的魄力與遠見。

九九壽宴

二〇〇四年，李教授九十九歲，設壽筵於美國洛杉磯環球影城希爾頓（Universal Hilton）大飯店，被邀賓客多達二百五十餘人。

李教授子孫滿堂，桃李滿天下。親朋好友、門生故舊，齊集一堂，喜氣洋洋，一同前來祝賀李教授的九九大壽。

在洛杉磯市政府水電局擔任主管的學生李玲玲，父親是李教授在北大預科的同學，她在學生之中，對李教授瞭解最深，所以由她發起李教授九十九歲壽宴。臺大商學系同學聽到消息，一呼百應，從世界各地紛紛趕來，共襄盛會，預留給臺大同學的一百三十個席位，一下子被訂光。雖然學生們希望羅漢請觀音，為老師祝壽，但李教授的四個子女，堅持不允。

正如眾所周知，數十年來，臺大商學系（及管理學院）人才輩出，在各行各業，各領風騷。在籌備壽宴的過程中，同學們竟發現「臺灣之子」陳水扁總統，也曾讀過臺大商學系一年，後來重考，進法律系就讀。據說陳水扁是上過李教授的「初會」課的，至於他是不是被李教授的「初會」嚇到，而轉讀法律，那就不得而知了。

在眾多的學生之中，李教授最記得的一位學生是陳河東，記得他是因為「他調皮」！為了教授的壽宴，李玲玲（一九六七年畢業生）、江大嘉（一九七一年畢業生），和寇蕩平（一九六五年畢業生）三位同學，尋尋覓覓，終於把陳河東找到——他人在臺灣，擔任總統府資政，三商集團董事長。此次他不克前來參加壽宴，由他夫人許昌忠（也是商學系學生）代表致詞，並帶來陳河東的聲明：「謠傳他『初等會計』被當掉的消息是不正確的，他得了六十分！」李教授的分數以「低」著稱，據李教授的女兒李明安透露：李教授打分是「開方乘十」，例如三十六分，開方是六，再乘以十，就等於六十。雖然教授網開一面，盡量讓學生過關，一班三分之一被「當」掉，需要補考的故事，時有所聞，所以陳河東當年能考六十分，應當是不錯的了！

短劇《李教授的初會課》

就是因為李教授上課時極為嚴肅，李教授的「初等會計」課，幾乎沒有什麼輕鬆場面，要以喜劇的方式來重現當年的情景，簡直是不可能的任務。畢竟商學系人才濟濟，校友趙榆華（一九六七年畢業生）把李教授的「初等會計」課，以「課前、講課、考試、考前、考中、考後」六個單元編成一個短劇。

趙榆華從未編過劇本，這次她不採「樣板戲」的腳本，而巧妙地以形形色色的學生組合，把當年李教授的「初等會計」一課，以爆笑的方式表現出來，劇中妙語如珠，亦莊亦諧，相當不容易。

劇中演員，都是李教授當年的學生，例如演「省女中生」的，是來自北一女的高材生黃玉瑛，演「僑生」的是馬來西亞僑生譚繼城；他們都是自己演自己，演來自是傳神。最特別的是林淑媛演「作弊生」與張壽華演「補考生」，她們原是商學系的高材生，卻把補考生與作弊生，演得活龍活現，把全劇穿插得活潑生動。另外，江大嘉的夫婿周祖涵（臺大政治系），天生有喜感，他手拿算盤，啪拉啪拉，神氣活現地代表「商校生」（如臺北商職、臺中商職等），十分討好。

最重要的當然是飾演李兆萱教授的人選，為了這個要角，李玲玲煞費苦心，最後找到湯明皓同學飾演。湯明皓本人並不酷似李教授，但一化妝上臺，梳髻，穿旗袍，就把李教授「教學認真，貌嚴心慈」的風采演了出來，尤其她最後的一句臺詞：「我是用心良苦，恨鐵不成鋼啊！」叫人聽了不能不動容！

因為學生們是「兵演兵」完全沒有演戲經驗，來自李教授故鄉江蘇南通的青年才俊，穆曉澄，就被請來擔任義務導演。穆曉澄在美國華納影視公司工作，不但有豐富的影劇經驗，也是黎錦揚自傳《躍登百老匯》一書的譯者。有了他的指點，「業餘藝人」也有了專業的味道了。

慶生會主持人李恕成（一九六七年畢業生），幽默風趣，逗得壽星不斷地哈哈大笑。他的妙語：「大家看到李教授，都不相信她已經九十九高齡了，但一看到她的學生李恕成，老得連牙齒都掉光了，就不得不信了。」聽得人人捧腹。事實上，李恕成「頭髮仍有三兩根，齒牙好像沒有缺」。

幸福的公式

學生代表簡鴻基（Bristol-Myers臺灣部門董事長）、程有智（美國數家銀行總裁）、李玲玲、廖敏聰（三菱公司顧問）、劉冰（長春書局老闆，代表復旦大學），「好牧者教會樂齡團契」團長許引經等人都被邀上臺憶往思今，讓我們聽到許多李教授默默行善的好人好事。就連我這平淡無奇的學生，也受到了百歲老師的精神感召。

我和李教授極有緣份，李教授在洛杉磯退休，我不但求得她的長壽祕訣，更驚異地發現，百歲的李教授，雍容華貴，豁達睿智，思想清晰，記憶驚人。李教授除了養生有道之外，在婚姻、家庭與事業上，也同樣地幸福美滿。

四十多年前我讀會計，一竅不通，四十年後常見李教授，我一向不通的會計觀念竟豁然大通。原來我們每個人的一生，也有一張「資產負債表」。在李教授百年的資產負債表上，婚姻、家庭、事業、健康、長壽等各項，處處平衡，樣樣美滿。依我的研究，這都是因為李教授對人處事，也用「有借就有貸，借貸要平衡」的「初會」原理。由是我野人獻曝，把李教授的幸福之道，用會計原理，寫成公式，以打油詩的方式，獻給世上所有的有緣人，希望人人都和李教授一樣，有一張幸福美滿的「資產負債表」。

〈幸福的公式〉

初等會計101
教授課裡有玄機
家庭事業與健康
借來貸去費思量

只要借貸能平衡
就是最完美的
資產負債表一張
人生幸福有公式
會計教授好榜樣
福如東海　壽比天長

附　李兆萱教授之養生八要則

一、生活要規律，起居有時，作息按序，動靜節制，勞逸適度。
二、飲食要控制，進食定時，細嚼慢嚥，營養足夠，注意均衡。
三、身體要多動，經常活動，量力而為，清晨體操，傍晚步行。
四、頭腦要多用，勤讀書報，增廣見聞，悠遊藝海，培養興趣。
五、胸襟要開朗，知足常樂，有容乃大，退一步想，多留餘地。
六、心氣要平和，怡情養性，笑口常開，避免激動，更勿發怒。
七、表裡要清潔，體內應清，體外須潔，天天沐浴，日日通便。
八、守則要有恆，養身在動，養心在靜，持之以恆，效益無窮。

懷念臺大會計教授幸世間

臺大會計教授幸世間於九月一日病逝臺北，享年八十六歲。

幸教授是我臺大商學系（一九六三年）的同學，但他並不是一位普通的同學，而是比我們年長許多的退伍軍人。我們上大學一年級時只有十七、八歲，看到已是「中年」的同學，當然十分吃驚，覺得他很「老」。也許是因為打過仗、帶過兵的關係，他也真的十分老成，時時以老大哥自居，不時地照顧我們這群半大不小、說懂事又不懂事的同學。

那時（一九五九年）國民政府遷臺不久，百廢待興，臺大各院各系還都在起步階段，法學院有商學、法律、政治、與經濟四系。當時的商學系也很年輕，只有商學、國際貿易與會計銀行三組。幸世間棄武從文，從軍中退伍，當然是有備而來的，當我們還在為興趣與愛好舉棋不定的時候，他早已立志讀會計了。

臺大會計系十分有名，早年的幾位名師都以「嚴格」著稱。「初等會計」的李兆萱教授與「高等會計」、「成本會計」的朱國璋教授都是叫學生們談「會」色變的嚴師。

臺大商學系的「會計」非常先進（這是我後來才知道的），遠在那麼早的年代，我們學生就要讀歐美式的「複式簿記」記帳法了。也許很多人不知道，這種記帳法，在臺灣經濟與世界貿易接軌的進程中，發揮了極大的作用，成為日後臺灣經濟起飛的一大功臣。

「複式簿記」（double-entry bookkeeping），簡單的說是一種科學的記帳法，那就是將每一筆收入或支出的款項，分成「借與貸」兩方同時登錄，然後用「借貸平衡」的原理來防止記帳的手誤，或作帳的弊端。

沒想到，在中學上過代數、三角、幾何，又一次一次通過聯考的學子，居然會被只有「借與貸」兩個變數的會計搞得頭昏眼花。從外人看來，我們成天抱著一本英文會計書，在校園中走來走去的，十分神氣，其實我們真的有苦說不出，才不過寥寥幾筆小帳，居然借來貸去的，無法平衡。這時幸世間老大哥就會走過來拯救我們了：「等下我要去圖書館複習初等會計，要聽的跟我來……。」就我所知，他當時確實拯救過不少的「迷途羔羊」。

大學畢業後，我們成家立業，各奔前程去了。我只是斷斷續續的聽到有關幸大哥的消息，知道他在美國讀完會計後，回母校教會計，逐漸地接下了李兆萱與朱國璋教授的棒子。以後他與幾位學成歸國的同學與系友，都出了新書，並改進了會計的教學方法，臺大談「會」色變的時代，也就慢慢的過去了。

二〇〇三年，我班畢業四十年，我一時靈感到來，寫了〈四十年歲月悠悠〉一文，細數我班同學近況。那時臺大商學系早已擴充為獨立的管理學院，兩座巍峨高樓，屹立於臺大校園中的基隆路上。我在網上找資料，看到臺大會計系林蕙真教授的網頁，提到她恩師幸世間將會計系系主任寶座讓給同學張鴻章的一段佳話，我這才知道我所認識的幸世間，原來還有我所不知道的一面。

至於我班同學張鴻章，確實是一位優秀的學者。他獲有美國賓州大學華頓學院（Wharton School）的經濟學博士學位，在擔任臺大會計系系主任以後，更於一九九六年，升任臺大管理學院院長。

二〇〇五年，李兆萱教授九十九大壽，商學系洛杉磯校友李玲玲發起為李教授編寫《百歲紀念冊》，我有幸被推為該書編輯之一，由是我自告奮勇，去聯絡我班的幾位李教授的接班人。

沒想到幸世間在電話中客氣的回拒了我，他的理由是早年從軍，吃過苦，到了老年身體差了。以後我又打過一次電話問他，他還是一樣，客氣的回拒了。鐘鼎山林，各有天性，既然他堅持，我當然尊重他的意願，從此不再催問。

又過了兩年，我班在臺北開了一次盛大的同學會，幸世間和幸大嫂都來了，這還是我大學畢業四十多年來第一次見到他，他的外表幾乎沒變，反倒是他當年十七、八歲的同學都年入花甲，有些滄桑了。當晚他說話不多，但看得出來，他的健康已亮起了紅燈，當然更想不到這會是我最後一次見到他。

幸教授為人低調，謙虛為懷，他繼承了李兆萱教授與朱國璋教授的認真與嚴格，出書教學，培育英才，是學生心中的好老師，是臺大會計系成為臺灣會計龍頭的重要推手。我們回顧他的一生，從家世良好的愛國青年、到裝甲兵部隊的上校、到以實力考上臺大的高材生、到出國留學、回到母校教會計的用心與認真等等，無一不是奇人奇事。

最後值得一提的是，在幸教授臥病期間，我班同學洪文湘教授（曾任臺大會計教授與商學系系主任），將幸世間的會計著作，根據現行法規做了修訂、再版問世，說來，這又是與幸教授有關的一段商學系佳話了。

花鳥怡情

我家蜂鳥

我家蜂鳥

蜂鳥（hummingbird）是一種身體嬌小、羽毛光澤華麗、飛行速度極快的鳥。

牠高超的飛行技術，是自然界的一個奇蹟。牠可以在空中前飛，倒退飛，側飛，左右飛，上下顛倒飛，作U-turn飛，甚至還可以鼓動著小小翅膀，像直升機似地在「原地踏步」、懸在半空中飛。其中「往後倒退飛」，更是任何其他鳥類所沒有的獨門功夫。

蜂鳥是「小鳥類」中最小的鳥，但牠的飛行速度可高達每小時二十五至三十英里，俯衝的速度更可達每小時六十英里。牠之所以能有如此出神入化的飛行技術，都靠一雙強而有力的翅膀。蜂鳥的翅膀每秒鐘可搧動七十次（看蜂鳥的大小），搧動速度之快，快到會發出hum hum hum的振動聲，這振動聲就是hummingbird名字的由來了。

蜂鳥對「美洲」一地情有獨鍾，尤其喜歡南美洲。全世界有三百多種蜂鳥，大部份都集中在南美，南美的厄瓜多爾（Ecuador）一國就有一百六十三種之多。蜂鳥有大有小，最大的叫巨人（Giant），有八英寸長，最小的叫蜜蜂（Bee），只有二點二五英寸，跟蜜蜂差不多大，是「世界最小的鳥」。

美國蜂鳥的種類遠不如南美，但也有十五六種之多。我在洛杉磯的家中，就見過大中小三種不同的蜂鳥：大的像麻雀，手掌心大小，毛色灰黃，除了長長細細的尖嘴，其他的外型都跟麻雀相似；小的蜂鳥只有一個小指頭長，瘦小乾黑，飛得極快，很不容易被人發現。但牠喜歡吱吱喳喳地說話，我只要聽到吱喳之聲，就可循聲找到。我家最常見的是一種比中指略長，羽毛閃綠色霓虹光澤的蜂鳥。

今年我家的非洲百合（百子蓮）開得極好，長筒狀的紫藍花朵，吸引了不少蜂鳥。蜂鳥的嘴很特別，像一根細長的鋼針，食蜜時牠會把長喙伸進花筒，用舌頭舐食。蜂鳥在花叢中採蜜的方法也十分特別，牠會飛快地搧動著翅膀，忽前忽後，忽上忽下，時停（飛著停）時飛，從一朵花到另一朵，東啄一口、西啄一口。看起來遊手好閒，無所事事，其實牠快若閃電，效率驚人，只要在花上輕輕一啄，就能把花蜜舐盡，立即再出發，另尋花蜜去了。

蜂鳥非常聰明，記憶力特別好，能記得曾在某朵花上採過蜜。牠更是天生的效率專家，能記得哪一個餵鳥瓶每二十分鐘添加糖水，哪一個四十分鐘添加糖水，牠會準時到正確的餵鳥瓶去食蜜。

雖然蜂鳥的飛行技術天下第一，無鳥可及，但是為了飛行，牠也得付出相當高的代價：蜂鳥的新陳代謝率是所有禽鳥與動物中最快的（是象的一百倍）；牠的心跳每分鐘一千兩百六十下；體溫華氏一百零七度；每天消耗的食物量遠遠超過牠的體重，牠必須每天採花千百朵，才勉強得以溫飽。

即使是如此地聰明，如此地辛勞，蜂鳥仍時時飽受饑餓之苦。幸虧蜂鳥能在熟睡或饑餓時，進入像冬眠似的休眠狀態，以保存體力。在休眠時，蜂鳥的新陳代謝率只有平時的十五分之一，心跳降到每分鐘五十次，呼吸幾乎停止，看起來好像死了一樣。只是這保命招雖好，卻也有風險，如果身體虛弱的話，就可能一休不回了呢！

流芳園、荷花、睡蓮

流芳園（Garden of Flowing Fragrance）

横槊賦詩、文采風流的翩翩公子曹植，從京都洛陽回封邑鄄城，在洛水邊休息時，恍惚中見到一位絕色佳人，佇立於水中崖石之後，曹植為她超凡的美貌，與高貴的氣質著迷不已，回去後，就寫下了千古傳誦的〈洛神賦〉。

曹植在「洛」水邊所見的「洛神」，翩若驚鴻，婉若遊龍，風華絕代，美之極也。她步履所過之處，更是花香瀰漫，步步生香，美不勝收（踐椒途之郁烈，步蘅薄而流芳），就在二千年之後，萬里之外的「洛」城，也以她走過的芬芳美景為藍圖，建造了一座美輪美奐的中國庭園，並以「步蘅薄而流芳」取園名為「流芳園」。

「流芳園」位於洛杉磯「杭廷頓圖書館」（Huntington Library）之內，與日本庭園（Japanese Garden）相接鄰。圖書館對此庭園的興建十分慎重，經過長達十餘年的策劃，特別從中國請來著名林園設計師，斥資一億八千三百萬美金（18.3

洛杉磯Huntington Library的流芳園

million），精心設計築建而成。此園於二〇〇八年二月正式對外開放，首期開放的三點五英畝（acres），只是全部中國園（Chinese Garden）的三分之一，以後還將分期擴建，最後的總面積將可高達十二英畝。

「流芳園」是一座江南園林，進門處的格局與蘇州拙政園相似，波狀的白牆上覆蓋著黑瓦（景雲壁），太湖石與綠竹相映成趣，雖然園中的一石（太湖石）一木（雕刻）皆來自中國，畢竟洛城不是煙雨濛濛的江南，流芳園又才完工不久，庭園看起來似乎「新」了一點。但除了這些說不清、理還亂的「故鄉情結」之外，園中的亭臺、拱橋、迴廊、假山，漏窗等，無不美感十足，拍出來的照片，張張色彩雅致、景色迷人。

荷花（Lotus）

七、八月中最亮麗的主角當推荷花了。

流芳園中，處處有水，有水處就有荷花。「愛蓮榭」是設計師精心設計的觀荷景點，「愛蓮」兩字，取自北宋周敦頤的〈愛蓮說〉：「予獨愛蓮之出淤泥而不染。」「愛蓮榭」前有一塘一湖，人坐「愛蓮榭」中，就可近觀「碧照塘」的荷花花容，但要欣賞遠方「映芳湖」的蓮荷，就必須沿湖繞行，且走且看。流芳園的建造，用的是「移步換景」的中國園林佈局，一步一景，景景不同，遊人沿湖漫步，不論過橋、過亭、過洲，處處賞心悅目，風景宜人。

「荷花」和「蓮花」，花似而名不同，這兩花之間倒底有什區分，實在叫人撲朔迷離，分辨不清。後經查證，「荷花」是「蓮花」的學名，荷花就是蓮花，蓮花就是荷花。李時珍在《本草綱目》中說荷花是根據「荷」的外形而命名的：「蓮莖上負荷葉，葉上負荷花，故名。」荷花的別名甚多，最常見的有芙蓉（水芙蓉）、菡萏（音汗旦）、芙蕖等。《說文解字》更進一步地解釋：「未發為菡萏，已發為芙蓉。」荷花在中國古籍中現身甚早，三千年前的《詩經》就有「山有扶蘇，隰有荷華」之句，「荷華」就是「荷花」。

二〇〇八年八月，我初訪流芳園，園中荷花新栽不久，雖離青蓋亭亭、一池熱鬧的情景還有一大段距離，然就在為數不多的紅荷、翠葉、蓮蓬之間，蝴蝶翩翩飛舞，蜻蜓頻頻點水，已頗有江南風味。一隻在南加州少見的紅蜻蜓，停佇在花苞之上，久久不肯飛去，吸引了不少遊人。「小荷才露尖尖角，早有蜻蜓立上頭。」（宋・楊萬里）知否？知否？你在這花苞上已停了一千年了呢！

南宋定都於「有三秋桂子，十里荷花」的杭州，詩人、詞人詠荷的詞句特別傳神。姜夔形容荷葉是「青蓋亭亭」，荷花是「嫣然搖動，冷香飛上詩句」，句句都是神來之筆；而北宋周邦彥「家住吳門，久作長安旅」，寫的就是我這「半個杭州人」。

〈**念奴嬌**〉（**南宋・姜夔**）：

鬧紅一舸，記來時嘗與鴛鴦為侶。三十六陂人未到，水佩風裳無數。翠葉吹涼，玉容銷酒，更灑菰蒲雨。嫣然搖動，冷香飛上詩句。日暮青蓋亭亭，情人不見，爭忍凌波去？只恐舞衣寒易落，愁入西風南浦。高柳垂陰，老魚吹浪，留我花間住。田田多少，幾回沙際歸路。

〈**蘇幕遮**〉（**北宋・周邦彥**）：

燎沉香，消溽暑。鳥雀呼晴，侵曉窺簷語。葉上初陽乾宿雨，水面清圓，一一風荷舉。故鄉遙，何日去？家住吳門，久作長安旅。五月漁郎相憶否？小楫輕舟，夢入芙蓉浦。

睡蓮（Water Lilies）

蓮花與睡蓮是荷塘中的一雙美女，在高大挺拔的荷花身邊，睡蓮顯得嬌小羞澀，楚楚動人。睡蓮俗名是Water Lily（水中百合），原產於北非和東南亞的熱帶地區，學名為Nymphaea，源於拉丁語Nymph。Nymph有人翻譯成「寧芙」，是神話故事中半神半人的水中女神，被視為聖潔、美麗的化身，也是古埃及的「尼羅河新娘」。

在中國，二千年前就有睡蓮的記載，東漢輔佐昭宣兩帝的大將軍霍光在「園中鑿大池，植五色蓮池，養鴛鴦三十六對」，這「五色蓮」，指的就是花色繁多的睡蓮。

睡蓮和蓮花（荷花）雖同是水中之花，卻是兩種截然不同的水中植物。荷葉與荷花，落落大方，高高地伸出水面，而睡蓮的莖梗卻十分軟弱，只能任蓮葉飄浮水面；又荷花有蓮蓬、蓮子，而睡蓮則無，睡蓮也沒有藕，她的根像芋頭。

杭廷頓圖書館中可看睡蓮（Water Lilies）的地方不止一處，除了流芳園與日本花園之外，還有一個「Lily Ponds」，在沙漠公園（Desert Garden）附近，池塘小巧精緻，水聲潺潺，池邊四周滿種綠竹與熱帶植物，在綠蔭之下，睡蓮、荷花與各種水草並存，設計之美，堪稱洛城早期水景庭園之精品。

池塘之中，一朵潔白的睡蓮，藏在蓮葉與水草之間，她的潔白、她的孤獨，好像是施篤姆（Theodor Storm）的經典名著《茵夢湖》（Immensee）——垂垂老矣的萊因哈特，想到了青梅竹馬的伊麗莎白：「黝黑的水波，一個接一個地推向前，愈來愈深、愈來愈遠……在那遙遠寬闊的葉片間，孤寂的飄浮著，一朵白色的睡蓮……」

歲月像水波，一個接一個地推向前，當年曾經為《茵夢湖》傷感的少男少女，已在遂漸地老去。而蓮塘中，朵朵睡蓮，浮在水面之上，朝朝暮暮，依然嫵媚。

「世界花園」的傳奇

加州千橡的世界公園（Gardens of the World）

座落於千橡市市政府對面的「Gardens of the World」（世界花園），是Hogan Family為「康乃禾谷」（即千橡市）市民所蓋建的一座愛心花園。當我們徜徉於花團錦簇的庭園之中，賞花惜花之餘，不禁要問，這Hogan是誰？他為什麼會有這麼大的手筆，能在地價昂貴的洛杉磯郊區，為千橡市民建造這麼一座精緻美麗的花園？

原來，在這片姹紫嫣紅的花園背後，有一個旅遊界的奇蹟，一個靠夏威夷旅遊起家、成為巨富的傳奇故事。

這Hogan Family（何根家族）就是Pleasant Hawaiian Holidays（快樂夏威夷

假日）的老闆：Edward和Marilyn（Lynn）Hogan 夫婦。

且說一九八三年底，我們剛從美東搬來洛杉磯郊區的千橡市不久，在本地報上看到「夏威夷逍遙遊」的廣告，藍天碧水、草裙呼拉等等，都叫人心動不已，我和老公久住冰天雪地的紐約羅徹斯特，對夏威夷嚮往已久，就趁耶誕假日，參加了「夏威夷逍遙遊」，到Oahu、Maui和Hawaii（Big Island）三個島嶼去逍遙快樂了一週。我們連做夢也沒有想到，當時我們去夏威夷的一點小小貢獻（旅遊花費），日後竟然換來一座百花盛開的花園，而且不偏不倚地就蓋在我家旁邊，供我們一年四季免費享用。

何根先生經營有道，推銷有術，他率先推出夏威夷團體遊，為一般民眾提供了價廉物美的旅遊服務。記得我們抵達夏威夷檀香山的第一天下午，就和成百上千的旅客參加了一個別開生面的「新生訓練」，淺嚐了夏威夷的輕鬆與浪漫。在以後的一個禮拜中，我們看草裙舞、吃 Luau戶外燒烤大餐、在遊船上過聖誕節、享受夏威夷歌舞等等，都是令人難忘的異國風情。

在何根的精心設計之下，夏威夷成了一個大眾心目中的人間天堂、休閒勝地、一個蜜月假期最甜蜜的去處，所以自「夏威夷逍遙遊」推出以後，受到了大眾瘋狂的喜愛，遊客人數從一九八七年的二百萬人次，暴增到一九九一年的三百萬人次，五年以後（一九九六年）更突破四百萬人次大關，給公司帶來高達一年五億美元的銷售總額。為了感謝何根對夏威夷州的貢獻，夏威夷州議院在一九八七年贈他以

「Mr. Tourism Hawaii」（夏威夷旅遊先生）的頭銜，一九九〇年何根更獲得了旅行雜誌「年度風雲人物」的榮譽。

何根與妻子琳（Lynn）是一對中學情侶，於一九五一年結婚。何根是飛行員，去過夏威夷，對夏威夷旅遊有些經驗，當一九五九年夏威夷成為美國的第五十州以後，他們夫婦就在新澤西州的Point Pleasant（快樂角）成立了第一家旅行社，專營夏威夷旅遊，並以地名Pleasant（快樂逍遙）為名，成立了Pleasant Hawaiian Holidays（快樂夏威夷假日）公司。三年之後，為了推廣旅遊業務，他們舉家西遷，起先在洛杉磯的Pacoima立足，再於一九七四年搬到洛杉磯西北郊區的康谷千橡市西湖村。經過四十年的擴充與發展，「快樂夏威夷假日公司」成了全美最大的旅遊企業，公司的名字也由「快樂夏威夷假日」，改成了遨遊四海的「快樂假日」。

一九九九年，七十多歲的何根心臟開刀，二年後，他就將「快樂假日」賣給了AAA的關係企業「南加州汽車俱樂部」（Automobile Club of So. California），並於同年成立「何根家族基金會」（Hogan Family Foundation），開始以基金會的名義，四處捐款做慈善事業，這座「世界花園」就是何根與家人對「康谷」民眾的回饋。

因為何根家族以旅遊致富，所以他們建造了一座來自世界各地花木的花園，並取名為Gardens of the World（世界花園）。「世界花園」可以說是一座迷你型的「杭廷頓圖書館」（Huntington Library），佔地四點五英畝，有五個不同的花園：英國、義大利、法國，日本花園與加州修道院花園；另外還有一個短小的健行步道和一個維多利亞風格的表演臺（表演臺可供民眾欣賞各種音樂會）；花園頂端有一幢白色建築，青藤爬滿，古色古香，是藝術家展覽藝術作品的場所。

園中的「日本花園」麻雀雖小，五臟俱全，小橋、流水、池塘、亭臺等等一應俱全。塘邊有竹數種，有一種墨竹，竹幹像炭燒過的，十分新奇。

我們四月中去花園賞花，百花盛開，萬紫千紅，春意正濃。園中開得最多最盛的當推玫瑰，在各種名門貴種之中，最引我們注意的是「打翻了顏料罐」的品種，這種玫瑰的花瓣上，有眾多彩色混在一起，好像「假」花一樣。據園丁相告，到了五月，園中的玫瑰花將會開得更加豔麗。

野花盛開

五月花雨，野花盛開。

康谷植物園（Conejo Valley Botanical Garden）位於洛杉磯西北的千橡市。此園始於一九七三年，由當地的一群愛花族發起，向政府租地種花種樹，供民眾免費享用。現此園隸屬Conejo Recreation and Park District，是政府的一個公園，但植物園的管理、種植與維護仍由義工擔任。

此植物園佔地三十三英畝，有自然步道、小溪與野花。園中栽植各種適合南加州乾旱氣候的樹木與花草，其中的蝴蝶園與鳥園，專門種植蝴蝶與鳥類喜愛的植物。

園中最值得一看的是Matilija Poppy。Matilija Poppy是一種無毒罌粟花，長得高大純潔，雪白的花瓣輕薄如紙，在風中飛舞，有如隻隻蝴蝶，每朵花的花心是一大叢鵝黃，白花黃心，清雅秀麗。

此花為南加州所特有，每年五至七月開花，每年五月是Matilija Poppy Festival（Matilija節），也是花開得最亮麗的時節。Matilija讀作ma-TIL-i-ha或ma-til-EE-ha，是印第安酋長的名字，也是地名。

在各種五顏六色的花樹之中，有「泡桐」一株，紫花滿枝，花如鐘鈴。「泡桐」英文名叫 Sapphire Dragon Tree 或 Paulownia。Paulownia 是俄國沙皇之女、荷蘭皇后之名，所以泡桐又叫皇后樹。此樹來自中國，是一種生長極為迅速的花樹，不到二十年就能綠樹成蔭，日本人生女兒時喜歡種泡桐一株，等女兒出嫁時，就把樹砍下來，做成傢俱當女兒的嫁妝。

因為泡桐樹長得快，所以木質疏鬆，共鳴性好，是各種樂器的主要材料。但也因為泡桐長得又快又好，妨礙了其他植物的生長，現在在美國的東南部被視為有侵略性、不受歡迎的樹木。

紫薇

紫薇（Crape Myrtle）是七、八月在洛杉磯街頭怒放的夏日花樹，有紫白兩種，以各種紫紅色為多。

紫薇花朵細小，花邊皺如縐紗，典雅多姿，所以英文叫Crape（Crepe）Myrtle，直譯為「皺紋紗桃金娘」。這些細碎的小花朵密集枝頭，花團錦簇，與丁香花（Lilac）有些相似，所以西方人在印度發現她時，就以Lilas des Indes（印度丁香）相稱。

其實紫薇來自中國，在唐朝的宮廷中就廣為種植。她的花期很長，從六月至九月，可長達兩三個月之久，所以紫薇又有「百日紅」之稱，南宋詩人楊萬里就有「誰道花無紅百日，紫薇長放半年花」的詩句。

有趣的是紫薇有一個極為洋化的拉丁學名叫Lagerstroemia indica，那是因為在十八世紀，瑞典植物學家林奈（Carl von Linné）以「雙名法」為植物分類取名，當時向林奈提供紫薇的是一個名叫Magnus von Lagerström的瑞典商人，林奈就根據植物分類法，將紫薇取名為Lagerstroemia indica了。

紫薇樹雖然年年生表皮，表皮卻又年年自行脫落，由是光滑無皮的樹幹就成了紫薇樹的一大特色。中國北方稱紫薇樹為「猴刺脫」，就是說她的樹身太滑，滑得連猴子都爬不上去。

據說紫薇樹「怕癢」，如果人們輕撫樹幹，她就會微微顫抖，發出輕微的咯咯笑聲，好像怕癢一樣。我為此特別到紫薇樹下去搖了幾次，結果一無反應。難道紫薇到了洛杉磯就不怕癢了嗎？或許，我還沒有「搔到癢處」吧！

七里香

七里香（Orange Jasmine）

溪水急著要流向海洋
浪潮卻渴望重回土地
在綠樹白花的籬前
曾那樣輕易地揮手道別
而滄桑的二十年後
我們的魂魄卻夜夜歸來
微風拂過時
便化做滿園的郁香

——席慕蓉，《七里香》

十月底的臺北已有了些涼意，清晨又飄起了細雨，就是在這古意盎然、細雨霏霏的巷弄之中，我第一次見到了七里香。那是一株長得極為平常的綠色小灌木，只有半個人高，密密的綠葉中開著幾朵帶著水珠的小白花。弟弟告訴我：「這是七里香！」

七里香？我非常地驚訝。我之所以知道七里香，完全是因為席慕蓉的詩。多年來，七里香在我的腦海中已是一朵朵像霧一樣的夢中之花，當真實與虛幻突然相遇的一剎那，那種錯愕是可以想像的。顯然有這種感受的人還不止我一個，當我弟弟提到七里香的時候，就有一位路過的女子也忍不住過來觀看。

其實七里香的原產地就是臺灣，人們常用它來做籬笆，我常在臺北街頭見到，只是我不知道它就是七里香。這種在臺灣常見的常綠樹，花小而白，整年有花，但以夏、秋兩季為盛。當一簇簇的白花綻放之時，濃郁的香氣，據說可以遠傳七華里，所以有「七里香」之稱。七里香還有月橘、九里香、十里香、滿山香、四時橘等的別名，都是因為它的香氣或它與橘花的相似而得名。

七里香和橘子花確實非常相似，七里香的英文名字就叫Orange Jasmine（橘茉莉）。這兩種芸香科的植物不但花葉非常相似（七里香的葉子比較圓），就連濃郁遠傳的香氣，也幾乎一模一樣，兩者最不同的大概只有果實了。七里香的果實是一種小小的橘形漿果，初結果時為綠色，看起來像迷你小橘，成熟後轉為紅褐色，可做藥材。

橘花，是另一個可以香聞「七里」的小白花。多年前，我曾在Hearst Castle的庭園中有過一個難忘的黃昏。Hearst Castle位於洛杉磯與舊金山之間的San Simeon山上，是美國報業鉅子William Randolph Hearst在二十世紀初（一九一九年至一九四七年）為他的情人，電影明星Marion Davies所建的一座豪華古堡。

我和老公搭上當天最後的一輛遊覽車上山，參觀古堡完畢時已近黃昏，我們最後落腳在一個滿種橘樹的中庭，晚風吹來，橘花的香氣瀰漫在San Simeon的山間，濃濃郁郁，化都化不開。

多少年過去了，我都還記得那滿山的花香。然而就在此時此刻，我卻突然想起，那晚濃得化不開的香氣，會不會是古堡主人的魂魄，在百年之後的夜夜歸來？

臺灣野梨

就在幾天之前，洛杉磯的街頭，突然出現了一大片驚心動魄的雪白，一夜之間，「千樹萬樹梨花開」了。

每年的一、二月，正是「乍暖還寒」的天氣，春風才在枝頭微微的一顫動，梨樹就以不可思議的驚人力量，爆出一樹耀眼的雪白。樹上成千上萬的小白花，在金色的陽光下，不約而同地，以最燦爛的笑靨，熱情地歡迎著春天的到臨。

花圃的花農告訴我，這白花樹叫常青梨（Evergreen Pear），是一種只開花、不結梨的梨花樹（fruitless pear）。我後來上網搜查她的身世，發現這在洛杉磯鋪天蓋地的雪白，原來是來自臺灣的「臺灣野梨」。

Evergreen Pear的學名字叫「Pyrus Kawakamii」（即Pear Kawakamii），是以首位發現她的日本植物學家川上瀧彌（Takiya Kawakamii）得名。川上於一九〇六年在臺灣南投山區發現了她的芳蹤，並被當時有名的的植物分類學家「早田文藏」（Bunzo Hayata）認定為新品種。日後又有兩位日本教授做了研究，認為她其實與中國大陸的「豆梨」同種，所以現在她又被人稱為「豆梨」（豆梨因梨小如豆而得名）。

在臺灣，「臺灣野梨」Pyrus Kawakamii，俗稱「鳥梨」或「仙楂」，果實小巧可愛，人們用竹籤串起，裹上糖漿，做成「鳥梨仔糖」的糖葫蘆。

然而洛杉磯街頭的Evergreen Pear，只有花，不結果，花季很短，花瓣異常嬌嫩，只要一颳風，一下雨，白色的花瓣就飄落了一地。

往年每當梨花盛開時，我總因忙於他事，左一猶豫，右一耽擱，等我帶著我的照相機去探花、拍花時，梨花樹早已落英滿地，風華不再了。

尋春須趁早，莫待春歸去。於是今年我下定決心，排除千難萬難，等梨花一綻放，就趁著豔陽高照的好時光，趕去白雪成林的小巷路邊，為梨花最美麗的一刻，留下永恆的記憶！

聖誕紅的故事

美國的聖誕節是一個火樹銀花、聖誕歌聲、親友歡聚、互贈禮物的溫馨節日。在聖誕聲中，大紅大綠的聖誕紅（Poinsettia）鋪天蓋地地席捲了整個北美洲，無論公司、商店、教堂以至千家萬戶，無不喜氣洋洋，用一盆又一盆的聖誕紅來歡度佳節。

聖誕紅（學名Euphorbia pulcherrima），又叫一品紅、向陽紅等，原產地為中美洲，是古墨西哥阿茲特克人（Aztecs）用的一種紅色顏料與退燒藥。在百花凋零、葉枯草黃的冬日，聖誕紅一枝獨秀，紅肥綠壯，豔麗無比。最叫人稱奇的是，這些「紅花」其實是由葉片（苞葉）偽裝而成的花朵，葉片中間的幾粒小小黃花才是真花。

然而聖誕紅這種熱帶花木，怎麼會成為北美洲「白雪聖誕節」的代表呢？說起來，這得歸功於美國的第一任駐墨西哥大使Joel Roberts Poinsett與在南加州的花農艾克家族。

Joel Roberts Poinsett（1779-1851）是一位傳奇性的政治人物，他出生於美國南卡州，精通法、西、義、德等多國語言。他興趣廣泛，喜好植物學，二十出頭就得以遊歷歐亞，在各國交結權貴，成為他們的座上佳賓。回國後他曾擔任南卡州州議會議員、美國國會眾議員、駐南美洲特使、墨西哥特使，以及第一任駐墨西哥大使等職。

雖然他在美國的政壇與外交上頗有建樹，但他一生最引以為傲的卻是在墨西哥發現了聖誕紅，並於一八二六年將她帶入美國。為了感念他的貢獻，美國人就以他為名，稱聖誕紅為Poinsettia；美國國會也將他去世的十二月十二日訂為「全國聖誕紅日」（National Poinsettia Day）。

用聖誕紅裝飾聖誕節的風俗，據說始於十六世紀的墨西哥。但在美國，此一習俗則始於南加州的艾克家族。

一九〇六年，也就是舊金山大地震的那一年，一位叫艾伯特・艾克（Albert Ecke）的人從德國到斐濟（Fiji）去做健康spa的生意。在來去斐濟的途中，他在洛杉磯短暫地停留了幾天。誰知這一「短暫的停留」，就改變了美國人，甚至世界上許多人過聖誕節的習俗。

老艾克搬來洛杉磯以後，首先在好來塢附近的Glendale經營果園與乳製品農場，但他和家人卻喜好種植花卉，特別是他的兒子保羅，對瘦瘦高高，在南加州隨處可見的野生聖誕紅情有獨鍾。

到了一九二〇年代，洛杉磯已成為美國西部人口集中的一個大城，不再適合農業耕種了，艾克家族就在洛杉磯南方、聖地亞哥縣的 Encinitas小鎮，找到一塊理想的農地，取名為「保羅艾克農場」（The Paul Ecke Ranch）。

第三代「小保羅」是家族中第一位科班出身的農業專家。他畢業於俄亥俄州立大學園藝系。一九六〇年代，他以他的專業知識，將聖誕紅從戶外種植改為溫室盆栽，成功地將「郵寄母枝」的經營方式，轉型為「盆栽直銷」。由是聖誕紅就經由全國各大小批發零售商，直接送到北美洲的每一家每一戶之中，甚至可以遠涉重洋，運到世界各地。

在盆栽直銷成功以後，保羅父子就推動了「用聖誕紅裝飾聖誕節」的美國夢。從感恩節到聖誕節，他們不斷地將聖誕紅免費地送給各家電視臺，讓他們的新品種得以在電視節目中頻頻亮相，小保羅本人也親自上紅極一時的《今夜》（The Tonight Show）與《鮑伯霍伯聖誕特別節目》等電視節目去介紹與推廣聖誕紅。

在一九九〇年以前，「保羅艾克農場」的聖誕紅可以說是獨霸全球，無人可及。除了善於宣傳之外，他們還擁有聖誕紅「接枝」的獨家祕方，使其他人無法覬覦掠取。想不到這個祕方後來竟被一位大學研究員破解，並公諸於世，「保羅艾克農場」自此有了競爭對手，其中最主要的對手就是人工低廉的拉丁美洲。

如今「保羅艾克農場」已傳到第四代的保羅三世，聖誕紅的顏色由大紅而粉紅、淡綠、橙黃、白色等等，「花」形也變得多種多樣，但是人們最喜歡的還是大紅色的傳統聖誕紅。現在艾克農場也已不在美國種植聖誕紅了，但他們仍是世界上聖誕紅最大的生產者，擁有百分之七十的美國批發市場，與一半的全球市場。

百年以來，艾克一家四代圓了他們的美國夢，聖誕紅已成為在北美洲過聖誕節時不能缺少的花木。而當我們全家團圓，吃著聖誕大餐時，聖誕紅映著餐桌上一張張快樂幸福臉龐的鏡頭，又是何等的溫馨與美麗！

浮生記趣

火樹銀花過聖誕

賭城Bellagio室內花園的聖誕樹

感恩節才過，聖誕歌曲一播放，我體內一向安份守己、靜如止水的細胞就有如聽了軍樂進行曲，一時招架不住，莫名其妙地跟隨著音樂，大忙特忙起來。

好不容易等了三百六十五天的商店，像是電影上急著嫁女兒的媽媽，花了大把鈔票，用盡了心思，把店舖裡裡外外打扮得珠光寶氣，富麗堂皇，自此日落西山之後，華燈初上之時，原本平淡無奇的大街小巷，忽然流光溢彩，火樹銀花，叫人看得眼花繚亂，目不暇給，有如跌入了童話王國、神仙故鄉。

在e世代尚未到來的「史前時期」，我隨著留學風潮，飄洋過海，寄萍國外，所有的鄉情、親情與友情都繫於門外的小小郵箱。老美有獨特的卡片文化，人生的任何大事小事都以卡片致意，尤其到了耶誕佳節，聖誕卡片滿天飛舞。我入境問俗，每到十二月，也以一紙聖誕卡片，與散居四方的老友做一年一度的鵲橋之會。

我為人行事，向無條理，總要等收到了第一張卡片以後，才匆匆忙忙地開夜車寫卡片，此時老友們的地址通通「雲深不知處」，不得已，我只好來個「你來我往」，只招架，不出招。如此以往，惡性循環，「魚雁往返」的朋友日漸稀少，害得人家郵差先生生意清淡，十分對他不住。

就在此時，我們喬遷加州，我一時無班可上，又剛在美東與朋友、同事、街坊鄰居道別，收下了許多珍貴禮物，由是我下定決心，把親朋好友的地址全部登錄歸檔，不論朋友寄不寄卡片來，我都會趁佳節當前、喜氣洋洋之際，寄上精挑細選的卡片，致以最真誠的問候。

歲歲年年，朋友們也紛紛投桃報李，佳音頻報：「結婚了、添丁了、升官了、喬遷了、兒子進哈佛、女兒進史丹福……」有一年我收到一位老友來卡：「我近年來運氣欠佳，沒有心情回卡，朋友中只有妳還記得我，叫我好生感謝……」看得我心戚戚然，大為感動，年年聖誕，夜夜伏案書寫卡片的辛勞，頓時一掃而空。

買東西逛街是我之所愛，然對買聖誕禮物，我全然不具匠心、毫無天份可言。買禮物給自己的爸媽倒還容易打發，我是他們糊塗慣了的「掌上明珠」，不明禮數的惡形惡跡也絕非一朝一夕，家人早就習以為常，見怪不怪了。一旦嫁作他人婦，如何買適當的禮物給禮儀之家的公婆，可就大大地難為了我。

正當我苦思無策之際，忽在報上看到一位母親投書給安・蘭德絲（Ann Landers）女士：「如果媳婦賢慧，應把兒子送回家幾天作為禮物。」當時的安・蘭德絲信箱，日正中天，紅極一時，儼然是美國一般市井小民的百科全書，不論家中的任何大小瑣事，都會有人寫信給她，請她指點迷津。

我從安蘭德絲那裡得到了靈感，馬上向公婆「表明心跡」，願將他們的獨子送回家一週，作為聖誕禮物。呆媳婦偏遇賢公婆，他們大概早已看出我有幾分憨氣，不但沒有嫌厭，反而回信說，他們一樣期望看到媳婦，並誠懇地要我們一起回家過節。我收到了回信，非常開心，樂得像個「聖誕老婆婆」，成天「呵呵呵」！

聖誕節也是「派對」季節，連著好幾個禮拜的大宴小酌，我們可以日日慶祝，夜夜狂歡，忙得不亦樂乎。在我們參加過的各式宴飲之中，當以丈夫研究院時代同學，年年邀去唱聖誕歌曲最具特色。

丈夫的這位同門師妹住在洛杉磯的高級住宅區，她邀約昔日研究院的師生們共度耶誕，當年念書時手操「生殺大權」的教授也都是座上常客。到了晚上六七點鐘，我們這群「烏合之眾」，就穿了厚大衣，手拿電筒（以便看歌詞），挨家挨戶地去報佳音。中間有會吹口琴的、拉提琴的也夾雜在內，伴奏助興。通常小孩們會興高采烈地跑在前面，一家家地去按門鈴，一旦有人應門，我們馬上佇足高唱〈平安夜〉、〈聖誕鈴聲〉（Jingle Bells）等家喻戶曉的耶誕歌曲，在「聽眾」連連道謝及聖誕快樂的祝福聲中，我們也回唱「Wish you a Merry Christmas and a Happy New

Year（祝你聖誕與新年快樂）」，依依道別。

八九點鐘，「拜年」完畢，回到主人家中吃自助餐、喝酒聊天，當時還沒有卡拉OK，我們就在鋼琴伴奏中大唱聖誕歌曲，有歌癮的，可以高歌一個晚上。

不要看佳節當前「尋歡作樂」，飲宴頻繁，但是到了最最緊要的「平安夜」，卻往往呈現真空狀態，出奇地寂靜。在家家戶戶沉醉於天倫之樂的溫馨時刻，我們海外遊子若不早做安排，就會到了最後關頭，發現店舖門關，客旅不行，有如被摒棄於世界之外、遺世而獨立的「外星人」，此時此刻，自然免不了會有「獨在異鄉為異客」、「等是有家歸未得」的感傷。

七〇年代初，我丈夫在紐約上州（upstate）找到工作，那時華人不多，我們初去的第一年，人生地不熟，到了聖誕夜才發現「無家可歸」，我們只好臨時動議，開車去附近的加拿大多倫多市觀光。想不到才下午六點左右，整個多倫多市，幾乎所有的公司、餐廳都關門打烊，十二月的加拿大天寒地凍，丈夫和我兩個異鄉人落魄街頭，景況十分淒涼。

我們走到「城中心廣場」，看到了聖誕裝飾，就過去觀看，無意中在廣場一角，找到一個正在演奏聖誕歌曲的小型樂團。我們反正閒著無事，就過去看熱鬧，跟著音樂哼哼唱唱。一時唱得高興，竟不知什麼時候，忽然冒出幾百幾千個像我們一樣的「流浪漢」、「流浪女」，人人扶老攜幼，圍在我們四周，把廣場擠得水洩不通。連廣場中間高聳入雲的拱橋上也萬頭攢動，人人跟著音樂，一首首的聖誕歌曲唱過去，一時天上人間，一片聖誕歌聲，響徹雲霄。

我放眼四望，發現人群之中，紅、黃、棕、白、黑各色人種都「一應俱全」，原來「吾道不孤」，光多倫多一市就有這許多「相逢何必曾相識」的「天涯淪落人」。在歌聲裡，聖誕樹閃閃發亮，白色的雪花緩緩地落在每一個人的頭上、肩上、身上，我忽有所動：「四海之內皆兄弟也！」我們就在不知名朋友的環繞中，度過了生平最美麗、最溫馨的一個「平安夜」。

過了二十五日，聖誕節的嬉鬧歡樂才過的第二天，所有的商店百貨公司絕不讓我們「主夫、主婦」有喘氣的餘地，馬上紛紛發出任何凡夫肉眼必不會錯過的特大號廣告：「50％大減價。」我看了50％這幾個魅力十足的阿拉伯數字，一時又把持不住，凡心大動，第二天覺也不睡了，人也不休息了，七早八早地跑到百貨公司準時報到，加入同樣受不住「利誘」的「父老兄弟姐妹們」的行列，擠擠擁擁地，開始為明年的聖誕節早早地張羅了起來……

到我家來過春節

對一個記性欠佳、凡事大而化之的人來說，最怕的就是交到記性比照相機還厲害的朋友。譬如說，我去年誇下「年年來我家過聖誕節」的豪言壯語，朋友們在歷經了強烈大地震、野火亂燎原、連環暴風雨之後，居然還記得我三百六十五天前的「日日誓言」。

賴過聖誕節，眼看逃不過農曆春節，我只有把心一橫：「好吧！這個禮拜六來我家消夜。」說完以後，我忽然覺得有說不出的悲壯。古今中外，有多少改變人類歷史的重大事件，不就是「如此這般」，在相似的狀況下發生的嗎？

屋漏偏逢連夜雨，我這邊剛一拍胸膛說請吃消夜，那邊辦公室中就雪上加霜，忙得不可開交，一直到星期五休假的那一天，才有空為第二天的「春宴」張羅起來。

「盤飧市遠無兼味，樽酒家貧只舊醅。」（杜甫）我家冰箱空空如也，比既窮又老又病的杜甫還不如。他杜老先生至少還有一個菜、一點老酒，而我只能用我江浙巧婦的妙計：「韭菜炒韭菜」，二九（韭）一十八，忽地變出十八道菜來……

就在我七上八下，盤算著「去哪裡弄點韭菜」的時候，電話鈴大響，一定是有人算準我今日有難，來救我了。哈！果真不錯，俊德告訴我，她和眾家主婦已起了個大早，正要趕去今日新開張的中國超級市場，做「剪彩」大採購呢！

為了今天的盛會，長秀特別開出她家小巴士，一共接來四家「煮婦」，五人齊心，「同仇敵愾，共赴沙場」，買菜去也！

到了中國超級市場，雞、鴨、魚、肉、水果，以及各式年貨，應有盡有。我仙女摘花，從貨架上東拿一包芝麻糖，西拿一瓶水果汁，三下兩下地，把個推車堆得像山一樣高了。最後來到蔬菜部，我正在看黃芽白，碰到了同來的正平，她說：「等下去韓國店買做Kim Chi（泡菜）的黃芽白，又大又肥。」

倒底是中國人的超級市場，樣樣合人口味。五家人馬，大包小包，瘋狂大採購，人人大豐收，塞了又擠，擠了又塞，好不容易，才把採購來的草糧塞滿了小巴士的每一個角落。然後大家合力，一面把後車門關上，一面齊聲吆喝：「去韓國店囉！」然後就嘰嘰喳喳、嘻嘻哈哈地一同上車，向韓國店進發去了。

到了韓國超級市場，好像劉姥姥進了大觀園，什麼都新奇，什麼都有趣。又肥又大的黃芽白，不能不買；碩大肥美的板栗也不能不買；一塊錢三個的菜碗自然不能錯過；看到油炸鍋巴，想到當年女生宿舍剛出爐、香噴噴的鍋巴，饞涎欲滴，情不自禁地買它一包；各式小魚乾，酸甜苦辣，任君品嚐，品嚐來，品嚐去，通通有獎；其他看來有趣、買來試試的更不知有多少。最後五人再通力合作，花了不少力氣，才把幾十包「韓國新貴」塞進了小巴士。

車門一關，大功告成，這才發現，忙碌了一上午，一下子就兩點多了，肚子早該餓了。

辛苦採購了老半天，自嘆煮婦難為、做女人不容易，七嘴八舌地，眾家姐妹決定自我犒賞，在附近找到一家上好的中國餐館，點了一些道地的家鄉口味，幾個自得其樂的女人，有說有笑地在餐館裡談個沒完沒了。

回到穗娟家，她老公早已倚閭遠望，「癡癡地等」了。見我們娘子遠征軍，長途跋涉，僕僕風塵，凱旋歸來，敬佩有加，一定要咖啡勞軍，為我等接風洗塵。我們推辭再三，盛情難卻，只好不慌不忙地，喝了一杯既香又熱的濃咖啡，立刻精神百倍，疲勞頓消，這才慢條斯理地打道回府。

第二天晚上的關府，賓客雲集，朋友們紛紛「錦上添花」，帶來各式好菜。我小人物見不了大場面，在廚房裡手忙腳亂，醜態百出。朋友們一看，二話不說，七八個人馬上捲起袖子，找出鍋鍋鏟鏟，切的切，煎的煎，炸的炸，一下子，好好地擺了一桌豐美的酒菜。

遠親不如近鄰，在這個生活緊張、人情淡薄的時代，到哪裡去找這許多善體人意的知音？我在感動之餘，忍耐不住，又誇下了海口：「以後再來我家消夜！」這次我聰明的地方，就是沒有講明是哪一天。

新春迎賓大贈送

「新春迎賓大贈送：拉斯維加斯豪華大旅店招待貴賓，免費往宿，三天兩夜。」

收到這樣誘人的邀請函，叫人不心動也難，無怪乎去年和我們一起去賭城「打拚」的幾家朋友，一看到這份邀請函莫不摩拳擦掌，躍躍欲試，立刻邀約原班人馬，約好大年初一再去賭場一顯身手。

如果說這樁喜從天降的美事有什麼遺憾的話，那就是在訂房間的時候，我們發現我們居然榜上無名，不在被邀請之列。

聽到「名落孫山」的消息，不免有些失望，但不感意外。這次受邀的朋友都是出手爽氣、一擲千金的賭場豪客，我們作為博弈不精的小家小戶，不受賭場的重視，自在意料之中。

正月初一，我們就和幾家朋友，分別開了兩輛小巴士向拉斯維加斯進軍。一路上大家有說有笑，熱鬧非凡，五小時的車程，一點也不嫌煩悶。

抵達大旅店放下行李，吃過晚飯後，已快八點。我和老公經過check-in櫃檯，看到人潮已過，櫃檯清閒，我們就走過去打探一下日後成為貴賓、免費享受住宿的資訊。

接待我們的櫃檯先生，三十來歲，西裝畢挺，神情嚴肅，面無表情，一副樸克面孔，對我的詢問一問三不知，只說這是市場部的事，與他們無關。

也許市場部的事確實與他無關，但我看他態度傲慢，一副把事情推得乾乾淨淨的樣子實在叫人反感，就故意問他：

「你們市場部在哪裡，我要去找他們。」

「現在市場部關門了。」回答得非常乾脆。

「市場部什麼時候才上班？」我也不干休。

「他們上到五點，現在下班了。」真是乾淨俐落。

「他們的辦公室在哪裡？我明天去。」

「妳拿起牆上的電話（house phone）就可以找到了。」

此君雖然長了一張白人面孔，顯然是咱們中國太極拳的高手，問一句就答一句，不問就不答，而且每一個答案都帶有暗勁，能拒人於千里之外。只是他不知道我姓張，是太極拳鼻祖張三豐的本家，若想要三言兩語地把我打發掉，那可沒那麼容易！

第二天醒來，我的第一件大事就是打電話找市場部。接電話的是一位聲音響亮的女士。有了昨天冷冰冰的經驗，我就毫不客氣地單刀直入：「我是八八八號房間的房客，去年我和幾家朋友一起投宿你們旅館，不知何故，今年只有我們一家沒有收到免費優待的邀請函。」

「妳的姓名？讓我去查查看。」幾秒鐘後，她回來了。

「奇怪了，你們的名字確實在我們的電腦上，你們為什麼沒有收到邀請函，我就不知道了。」

「請再等一下……」她大約又在看電腦。

過了幾秒鐘，她又回到電話上來：「你們已經以一般旅客的身分住了進來，現在不能更改了。你們昨天住進來的時候，為什麼不說呢？」

聽她說為時已晚，我當然失望，但我不放棄，就故意提高了聲調回答：「我說了！但是你們已經下班，所以你們的櫃檯叫我今天打電話給你們。」

「讓我去問問看。」

顯然這番言語發揮了作用，過了幾分鐘以後，終於有了佳音：「你們現在也可以享用新春迎賓大優待了，除了昨夜與今夜的旅館免費之外，你們還可以看一場免費秀。」

看！看！我畢竟是張三豐的本家吧！這場太極拳大賽，最後還是被我拔了頭籌。

有了這番轉折，這次三天兩夜的迎賓大招待，過得格外地輕鬆愉快，我們夫婦在賭場中玩「吃角子老虎」和「二十一點」的時候，也特別地「財大氣粗」、出手闊綽，一口氣輸掉了這「三天兩夜」的住宿費用，依然談笑風生、面不改色。

「天增歲月人增壽，春滿乾坤福滿堂。」這幾天，我眉飛色舞、滔滔不絕、有如錄音機般、不停地的向朋友們播報我的元旦好運。雖然我有點對不住朋友們的耳朵，但我深信，我在元旦「失而復得」的好運氣，正是「過豐年、行大運」的好徵兆、會給每一位聽到這個故事，和看到這篇文章的人帶來好運氣。

黃瓜

因為退休，我再度擁有了黃昏。

滿身是刺的小小瓜條，在嘩喇喇的水花中，從花蒂處伸出頭來，好奇地向外面的世界張望。然後花落了，黃瓜一點一點地長大。深綠色的瓜皮上，稀稀落落地散佈著小刺，黃瓜肥肥胖胖的身軀，像初生的嬰兒，滿足地躺在葉蔭之下，吸吮著從「天」而降的「雨水」。

日落黃昏，黃瓜等到了甘霖，片片瓜葉，從乾黃的土地上圍攏過來，享受著「沖涼」。一陣「雨水」過後，大地清新潤濕，黃瓜神采飛揚，瓜藤滿載著青春，背馱著歡笑，悠然地向前方漫遊而去。

黃瓜愈長愈大。可以摘了嗎？每天澆水時，我有了新的對話。黃瓜的頂端慢慢地泛出了淡淡的黃色。在捨與不捨、採與不採的掙扎之中，我終於摘下了今年的第一條黃瓜。

好重的瓜！每一條拿在手上，都是沉甸甸的「巨無霸」，我把它們摘下來，有時涼拌，有時清炒。甜甜嫩嫩、多汁多肉、胖嘟嘟的身子，吸足了水份，讓我享受了一夏的美味。

九月才過，空氣中有了些涼意，不久前還生氣勃勃、滴得出油來的綠葉，忽然變得憔悴灰黃，有氣無力地趴在地上。蒼老的藤枝，暴露在葉外，厚重粗糙，脈絡分明。我俯身凝視：這分明是辛勞了一生、滄桑歷盡後的一雙手啊！突然之間，我對著地上的蒼老，忍不住肅然起敬，流下了感動的眼淚。

橘子

除了冬天，南加州一般是不下雨的，我們住在南加州的半山上，地下全是小石塊，草木滋生不易，自然環境十分惡劣，前庭後院的幾點青綠，都是付了昂貴的水費灌溉出來的。丈夫不信邪，年年種果樹，從來沒有收成，我家現在連半棵果樹的影子也沒有，唯一的例外，是一株橘子樹。

那橘樹不知是從哪個石塊裡蹦出來的，我們忽然發現極不起眼的小樹上，結了一個青綠色的小橘子，這才知道「我家有女初長成」，長橘子了。有了小橘子，瘦瘦小小的橘樹，像是懷了孕的媳婦，馬上身價非凡，我們下班回來，都會特意跑過去噓寒問暖。

橘子長得奇慢，長了幾個月，只有雞蛋那麼點大，還是個獨生子。過了三五個月，橘子有幾分「橘模橘樣」了，青青綠綠的，不知熟了沒有。我們捨不得吃，滿院子爬上爬下的松鼠替我們解決了難題，被寵得不像話的橘子，突然從地球上消失不見了。

第二年，開過稀稀落落的白花以後，盼來了三個橘子，到了摘與不摘的時候，丈夫看到一隻跟貓一樣大的老鼠，咬下了兩個，也不好好吃完，隨地一丟就跑開了。我趕緊把樹上剩下的一個摘下來嚐嚐。哎呀！好酸！好酸！難怪連大老鼠都不屑一顧。

無論外面的世界怎麼變化，這株橘樹，總是老神在在、不慌不忙地開白花，結幾個我看了都會牙酸的橘子。只有一次，我卯足了勇氣，摘下了一個，硬邦邦的，要用小刀才切得開。切出來，橘皮厚得不得了，居然佔橘子的一半，是我從來沒見過的厚皮橘子。

今年的南加州是個暖冬，中國新年到了，五六個橘子掛在矮矮的樹上，黃澄澄的，很誘人。我問可以吃了嗎？丈夫斬釘截鐵地說：「不可以！這是一樹的吉利。」原來廣東話的橘、吉同音，「橘」就是「吉」。

熟讀中國古典文學的，就知道從石頭裡蹦出來的，必定是好東西。從我家石塊中蹦出來橘子，當然絕非等閒之輩，以它的酸，它的厚皮，必是瀕臨絕滅的稀有品種，有它來做我家的鎮家之寶，是絕對錯不了的。

鼠輩

我住的地方是塊山坡地，右有小山，後有陡坡，地小山多，人跡罕到，我家的前庭後院也就成了鼠輩的天堂。這些鼠輩是不是真的老鼠家族，我也搞不清楚，只要中文名字中有「鼠」字的，我就一律以鼠輩相稱。

松鼠是我家常客。凡是動物都有地盤，如果我懂松鼠語言，我知道牠一定也在說：「人類是我家常客。」反正不管這塊山坡地是屬於誰的，只要大家和睦相處，也就相安無事；只是我從未想到，模樣清純可愛的松鼠竟是「鼠輩」。

這得從幾年前的一樁無頭公案說起。我家橘樹好不容易長了一粒橘子，被我們當寶貝似地捧著，突然有一天，這粒橘子不見了，我衝到後院去捉拿兇手，看到一隻松鼠蹲在松樹前面，似乎面有愧色，一看到我，就尾巴一甩，逃之夭夭了。以後我更發現，我家院中的每一隻松鼠都披了一身黃毛，拖著一個大刷子尾巴，每隻都長得一模一樣，我這才靈光一閃，松鼠、松鼠，不就是爬松樹、吃松果的「老鼠」嗎！松鼠若非鼠輩，怎會如此聰明，想得出這種陰謀詭計，用一模一樣的偽裝高招，叫我看不出誰是兇手？

天下事以公平最難。同是鼠輩，我看到老鼠，就會全身發麻，甚至會驚聲尖叫，可是我一看到松鼠小巧可愛的臉蛋、笑容可掬的模樣，疼愛都來不及，就算證據確鑿，查出偷橘真兇，我也一定會網開一面，絕不追究。

Possum「怕山」是我家的夜間訪客。牠有個中文名字叫負鼠，「怕山」是我給牠取的綽號。負鼠全身覆著稀疏、灰黃的皮毛，個子跟貓差不多大，天生一副不討人喜愛的長相：眼睛小小的，嘴巴尖尖的，一看就知道牠必是鼠輩無疑。

雖是鼠輩，但牠的個性，和我們熟知的老鼠卻相差了十萬八千里。牠喜歡在黃昏時分，抱著個大肚皮，在我家落地窗前大搖大擺地走過，我和老公在窗簾後面說「她」閒話：「捧著個大肚皮，一個人走來走去的，一定是個懷了孕的未婚媽媽！」

後來我查了網上資料，才知道負鼠的原名是Opossum，是袋鼠家族的一支，喜歡獨來獨往，因為母鼠身上有「育嬰袋」，可以背負著baby四處活動，所以叫「負鼠」。被我指指點點的「怕山」，恐怕就是一隻袋中放著大堆孩子的媽媽，正在小心翼翼地捧著她的小娃娃，走來走去地討生活。每想到自己不分青紅皂白地說人閒話，我就十分地過意不去。

負鼠是恐龍時代就有的遠古動物，牠生存的最高機密就是「裝死」。牠裝死的本領可不是蓋的，牠可以一下子昏死四小時，口眼張開，舌頭伸出，從肛門排出黃綠色的液體，發出腐臭味。

據科學家研究，說牠倒也不是「裝」死，只是一驚一嚇，身上就會自動分泌出一種麻藥，使牠臥倒在地，暫時失去知覺。這時的負鼠，腦細胞特別活躍，原來牠正在大動腦筋，想辦法脫險逃生呢！

眾裡尋他

「同人不同命，同傘不同柄。」說到命運，不幸得很，我以前的每一隻錶，都有著遇人不淑的悲慘命運。不是我辣手摧花，心存薄倖，而是我不殺伯仁，伯仁卻因我而死，由是我的每一隻手錶，都不約而同地遭到了被冷落和被遺棄的命運。更可悲的是，我已經完全想不起我初戀的第一隻錶來了。

我既懶惰又糊塗。任何具有這種個性的人，其實都沒有戴錶的權利，尤其在電子錶尚未發明的「上古時期」。因為糊塗、因為懶惰，我常常忘了上發條，錶停了很久都不知道；又因為洗東西的時候懶得脫錶，水氣一染，錶就生鏽停擺。

我小時候，錶是奢侈品，只要是錶，都是名門貴種，而我這薄倖兒，一生辣手摧花，不知報銷了多少隻「名門貴錶」，非常對不起辛苦養家的爹娘。我大學畢業到美國讀書，母親把她腕上的一隻奧米茄給我，想必這是她最心愛的一隻錶。我一向沒有價值觀念，一天到晚帶著這隻錶洗這洗那，不到一年錶就鏽住了。起先我還沒在意，因為我的遲到相當有名，我曾經有過一到音樂廳，演唱家剛好唱完最後一個音符的不良紀錄。

到了美國，有了婚嫁對象，我知道那人最恨人遲到，為了投他所好，也為自己的惡形惡跡感到羞愧，我就決定把奧米茄拿去修理。修錶的人一看，連稱好錶，修一修就要六十九塊美金。那時天美時（Timex）剛出來，有模有樣的才賣十九塊一隻。在國外做窮學生，阮囊十分羞澀，算盤一打，我就買了一隻Timex回去。奧米茄，不修了，反正都是錶，計時而已。

春去秋來，時間的腳步在滴滴答答中飛逝而去，想不到一向太平無事的鐘錶工業，受到了電子革命的衝激，掀起了滔天巨浪。等雨過天晴，塵埃落定以後，瑞士的百年老店身受重創，日本、臺灣、香港等都成了電子錶王國，世界的鐘錶工業從此改頭換面。

我第一次看到電子錶就不喜不愛，怎麼看都不順眼。我一向看慣了長針與短針，一下子看不到長短針，說多難過就多難過。尤其剛剛推出來的電子錶，粗大笨重，長像難看，十分叫人嫌厭。親友當中有走在時代先鋒的，早早地就戴起電子錶來了，我連人帶錶一起罵進去，說戴電子錶的有神經病。

在這批「神經病」之中，有一個就是我的丈夫。他不但老老早早地買了一隻附有計算器的電子錶，還故意壓低了嗓子、神祕兮兮地告訴我：「我現在把所有女朋友的電話都打進錶裡去了。」誰知有一天，電池突然告罄，存在他錶裡的資料完全消失，把他氣得搥胸頓足，我在一旁觀看好戲，忍不住哈哈大笑，樂之極也。

丈夫受到這麼大的教訓，居然不知悔改，不聲不響地給老婆大人也買了一隻標準電子錶。他還以為老婆一定會千恩萬謝，感激涕零。誰知馬屁拍在馬腿上，我一看到電子錶，就沒好感，口口聲聲地說不喜不喜。他老兄惱羞成怒，罵我沒良心，不知好歹。為了不讓他傷心過度，我只好勉為其難，戴著丈夫的好意去上班。這一戴就戴成了習慣，從此以後，我跨過了習慣的鴻溝，趕上時代的步履，進入了電子錶時代。這時的電子錶，愈來愈標緻、愈來愈有模樣，當然也是我「變心」的重要原因。

可惜丈夫買的這隻電子錶也是「苦命的秋香」，和我形影不離的日子十分短暫。有天我下班回家，忽然覺得手臂光溜溜的，才知道手錶不見了。

戴錶多年，我已非昔日吳下阿蒙，對買錶一事已有了自己的主張，這次買錶，我不客氣地一口氣開出三大條件：一要價廉物美；二要自動；三要防水。

真想不到在二十一世紀的今天，在人類登陸月球的今天，在人造衛星滿天飛的今天，居然走遍大街小巷，找不到一個完全合乎這三大條件的手錶。價格低廉的錶滿街都是，自動錶無所不在，難就難在防水。我偶爾找到的幾隻防水錶，不管價格高低，都肥肥胖胖，臃腫難看，害得我東奔西跑，挑來挑去，都找不到理想的對象。手臂空空蕩蕩地涼了兩個禮拜，我實在忍耐不住了，只好跑到附近的廉價商店去隨便買它一隻。

商店的小姐聽了我開出來的條件，猛一陣搖頭，說防水錶難求。我無計可施，只好放棄初衷：「隨便給我一隻電子錶好了。」櫃檯小姐信手拿出一隻黑色電子錶，不算漂亮，也不難看，說是這隻錶剛好在大減價，才二十九塊。付完錢，我問錶的原價，櫃檯小姐翻來覆去地都找不到，由是這隻錶的真正價格就成了一個永遠的謎；而我卻覺得，這隻錶最迷人的地方，就在它的「身世不明」。

因為錶買得隨便，當然沒有受到主人特別地重視，過了好幾個月我才注意到，每天戴著洗這洗那的錶，從來沒有出現過水氣，想不到這隻錶，竟然是一隻防水錶。

這錶顯然與我投緣，一戴就戴了好多年。有一年，我運氣欠佳，出了車禍，有個闖紅燈的冒失鬼，攔腰直撞，把我的汽車撞得稀爛，當場報費。我的左臂在撞碰中被擦得青青綠綠，錶鏈被撞得七扭八歪，在一片破爛聲中，只有這隻錶安然無恙，照走不誤，分秒不差。我這次的災難不小，從鐵錶鍊被撞得歪歪扭扭的慘狀看來，就知道碰撞不輕，但奇怪的是，我除了左臂有瘀青之外，渾身上下竟毫無損傷。

「眾裡尋他千百度，驀然回首，那人卻在燈火闌珊處。」經過這麼久的尋尋覓覓，直到這次大難歸來，我才發現我心目中最完美的那個它，正在身邊日日伴我。日後我戴著這隻錶到歐洲旅行，同伴們人人買新錶，只有我，只看不買。對著滿櫃子五花八門的歐洲名錶，我一點也不動心，天涯海角，到哪裡去找這麼一隻知我心、識我意、防震護主的好錶？我，已經心滿意足了。

夏日煙雲

把窗子打開，把窗簾拉起來，湖光山色就一古腦兒地映了一屋子。湖邊，柳條低低，柳葉在風中搖曳，湖水閒閒地拍著岸邊的小船。週末剛過，來度假的人都回去了，留下了一湖的清靜。

湖邊這棟臨水小木屋，聽說是一個德國女人和她丈夫在二十年前親手建造的，造房子的手藝說不上是第一流，房子倒造得清清爽爽，乾乾淨淨。這位德國老太太年輕的時候，在工廠裡縫衣服，對顏色有獨到之處，她縫製的桌布、窗簾高雅大方，討人歡喜。牆上的一盞小燈下掛著兩個孩子穿短褲划船的照片，這次搬家搬得絕，連孫兒的照片也不要了。

她老伴已經走了好多年。老太太在老伴走了以後，還是一到夏天，就來湖邊割草種花，到了黃昏，就划船去湖心釣魚，每次都滿載而歸，七十幾歲的人了，精力實在了不起。

聽說這位德國老太太什麼都好，就是脾氣剛烈。在她搬走以後好多年，隔壁老爹提起她來還會害怕，說她用德語罵人，老爹本來是聽不懂德語的，但罵人倒是國際語言，一聽就懂。老太太在庭園左右樁上及腰的粗欄杆，一定也是不想和左鄰右居打交道。

歐洲人熱愛戶外運動，幾十年前湖邊的地很便宜，老太太打好主意，在湖邊蓋了兩棟一模一樣的房子，兩老一棟，兒子一棟，等兩老百年以後，兩老的一份就留給女兒。想不到二十年不到，這兩棟房子都是別人的了。

她兒子自作主張，把他的一幢賣給了別人，老太太氣兒子，把買房子的老爹也氣上了。據老爹說，自他搬來以後，老太太就沒給他好臉色看過。老太太的女兒家事業興旺，有了錢就沒了閒，對湖邊的小屋既沒興趣，也看不上眼。

世事本無常，老太太想也沒想到，老伴一去，就連擅自賣房子的兒子，也得了癌症，撒手西歸了。女兒就勸母親把小屋賣掉，老太太執意不肯。屋子再小，再簡陋，是自己和老伴一石一木造的。屋子的窗簾、桌布，雖不富麗豪華，也是自己一針一線縫的。孩子們小的時候，一家人夏日週末來湖邊游泳、划船、釣魚、烤肉，其樂也融融。後來有了孫兒孫女，小屋總是充滿了孩子們的歡笑。小小木屋，每一個角落，都是溫馨，每一寸泥土，都是回憶。不賣！不賣！說什麼都不賣！

就在這對母女為賣房子的事爭執不下的時候，屋後山洪暴發，把老太太開滿牡丹花的花園沖壞了一個大角，幾十年來頭一次。老太太一驚一嚇，賣房子的事就交給了平時不大來往的隔壁老爹。

老爹才六十幾歲、七十不到，走起路來就抖抖顫顫的，說是幾年前心臟開刀，一下子老了下來的。老爹在湖邊賣了一輩子的房地產，當然最後天經地義地在湖邊養老。

老太太一世剛烈，到了這個時候，可以託付賣房子的人，也只有這個口角不休的「鄰居糟老頭」。能把老太太的房子賣給我們，最高興的莫過於隔壁老爹了，他不但拿到一筆可觀的佣金，還趕走了一個「兇老婆子」。

老爹賣房子是姜太公釣魚，懶洋洋地在門口插個小牌子，冬天一下雪，牌子在雪堆中露出小小的一角，若不是我們陰錯陽差地去敲門問路，說不定這小屋再空上一年半載的，也不會有人問津。

我們從看房子到討價還價，都和隔壁老爹打交道，到最後才和老太太在律師事務所會面簽字。在老太太高大碩壯、精明能幹的女兒陪同之下，老太太顯得意外的瘦小蒼白，竟毫無半點霸氣。

合約一簽，整屋的東西就全留給我們了。老太太留下的碗碗盞盞有好幾套，其中有一套白色磁碗，每隻碗上都有老太太手繪的金花綠葉；牆上掛的幾幅油畫，也有老太太的簽名；留下的五六床被單，連打了補綻的幾床都洗得發白，漿得發亮。剛住進去時，老太太的影子幾乎無所不在，把我們壓得喘不過氣來，做了好多夜的惡夢。

買了小屋以後，我們每個週末都去小屋度假，很快地就和鄰居們打成了一片，玩在一起了。這樣子過了整整地一個夏天，我們才慢慢地擺脫了老太太的陰影。

兩年下來，小木屋的裝飾已換成一個中國老太太的手筆，滿屋都是我媽的書法和她的山水畫，小屋已經徹底漢化了。

隔壁老爹對賣房子的信心又恢復了，他特地去刻了一個特大號「房地產經紀」的牌子插在門口，自己卻一天比一天衰老下去。他的背一天比一天駝，記憶力也一天比一天差。前幾天跟我們聊到德國老太太時，他居然說：「那個，那個叫什麼的女人呀？以前住你們屋子的？」

週日的湖邊，出奇地寧靜，窗外，遠山青青，柳葉依依，湖水和平日一樣，有一下沒一下地拍打著岸邊的小船。現在湖邊除了留下來度假的我們，和在湖邊養老長住的老爹老媽，其他人都回家了。這兩年，老爹老媽老了許多，幾乎都不出門了。

「青山依舊在，幾度夕陽紅。」現在的湖邊，老一代的在慢慢地離開，年輕人陸續地搬來，再過幾天週末一到，度假的人一回來，大人小孩在湖邊嬉鬧玩耍，划船的划船，游泳的游泳，烤肉的烤肉，這湖邊就會比上個禮拜更喧嘩、更熱鬧，湖邊的這些陳年小事也就會漸漸地隨風而逝，被人淡忘了。

星光下的音樂會

天色漸暗，管弦交響，仙韻天聲，悠悠揚揚，在小小無名山坡上，幻為裊裊輕煙，淡淡飄散，飄入蒼茫。

踏青草於腳下，覺夏風之清涼，不知名的朋友，成百上千，環繞四方，或坐或躺，靜靜出神，怡然自忘。

音韻清清，綿綿不絕，有浮雲之從容，有流水之奔放。蝙蝠聞樂，翩翩起舞，時左忽右，時下忽上，彷彿起伏的音律，飄忽的遐想。

歡情何其短暫，浮生何其匆忙。琴聲如水，輕輕飄流，流入穹蒼，乍抬頭，忽已是，滿天星光。

灶神娘娘的第二春

自從我家煮婦「張大廚」學唱卡拉ＯＫ以來，我家一向「空閨寂寂」，被人冷落的灶房，開始燈火輝煌，人影幢幢，熱鬧起來。平時無所事事，已去國外度長假的灶神娘娘，現在也被張大廚從「海角天涯」，恭迎回國，尊為上賓。

張大廚的歌聲，向來是「養在深閨人未識」，這倒不是因為時不與我，懷才不遇，而實在是中外名曲千萬首，就是無歌會唱。如今時來運轉，人到中年，受到卡拉ＯＫ旋風的波及，被逼上梁山，在友朋之間登臺獻唱，一展歌喉，開始了人生的第二個春天。

既然是「大器晚成」，當然要比人家天才兒童格外努力，才能飛黃騰達，迎頭趕上。由是下班回來的煮飯時間，就成了練唱的最佳黃金時段。

唱機一開，先來一段〈水長流〉。淘米的水聲淅瀝嘩啦的，正是「就像我倆的愛情，一發不能收，啊……啊……」

開了水籠頭，細細慢慢地洗菜，是：「看那江河水長流……」

切一把黃芽白菜，正唱到：「哈，呀哈，呀哈」的過門。每切一刀，剛好「呀哈」一次。

一首歌還沒學會，香噴噴的飯菜就已端在桌上。

吃完飯，平日被人嫌厭拖延的洗碗大事，忽然成為夜夜最受歡迎的娛樂節目。打開水龍頭，涓涓不息的流水就像水上華爾滋：「一、二、三」，「一、二、三」。拿著刷子上下洗刷盤子的女人變成交響樂團的「第一小提琴手」，上上下下、忙忙碌碌地拉奏著動人心弦的〈藍色的夢〉、〈最後的華爾滋〉……。曲終人未散，音樂聲嘎然而止，小提琴手鞠躬下臺，盤盤碗碗已洗了個乾淨。

擦桌子、清椅子的旋律換成了拉丁舞曲〈恰恰恰〉。頓時全身熱情的細胞都立正排隊，先以「恰！恰！恰恰恰」的舞步跳到桌邊，再以「恰！恰！恰恰恰」的節拍，抹抹擦擦，把桌椅擦得光亮照人，一塵不染。

張大廚環顧四方，得意之餘，歌興大發，馬上鼓足丹田之氣，擊缽高唱自創的〈洗刷之歌〉，歌曰：

就是經書千本讀破
學位拿了一個又一個
還是一樣的
擦擦抹抹
彎腰吸塵的時候
忽然想起

陶淵明他老人家
會不會拿掃把？
擦桌洗碗的時候
還不斷地記掛
李清照的三餐
怎麼個打發？

灶神娘娘高高地坐在灶上，日日夜夜，耳聽輕歌，眼觀妙舞，還有灶下詩人的歪歌助興，她老人家原本冷峻嚴厲的長臉，現在變得線條溫柔，和藹可親。張大廚在廚房中樂趣多多，自是流連忘返，灶房之中隨時隨地燈火通明，一塵不染。

在各式卡拉ＯＫ的宴會之中，張大廚在高歌之餘，必要「親手做羹湯」，獻上一兩個「拿手好菜」。友朋之中居然有人來向她討教「家傳祕方」。

消息傳來，把個灶神娘娘樂得滿面笑容，「上天言好事」，今年她和灶神爺爺雙雙上天，向玉皇大帝稟告公事時，他們兩位老人家已經暗暗決定，要給年年得「Ｆ」的張大廚打一個「Ｃ」了。

我們看總統去

金風送爽，北雁南飛，正是加州州長大選時節，我美利堅合眾國最高領袖，（老）布希總統，要親率共和黨文武百官，蒞臨千橡市「加州路得大學」（California Lutheran University，簡稱CLU），為共和黨候選人增威助陣。

此一重大消息的傳來關府，是消息靈通人士，李表哥的通風報信。瞻仰大人物，看大明星，都不是老關的「最愛」，他就在電話中支支吾吾，說得向老婆請示。他老婆早就在一旁豎起了耳朵，聽了個仔細。這邊老關的電話才一掛斷，那邊老婆就連聲叫好：「送上門的總統，幹嘛不看，不看也白不看！」

星期六一大早，八時不到，陽光初露，風中盡是寒意，慕名而來，不願錯過「不看也白不看」機會的民眾，早已在校園中大排長龍，長達數里之遙。來自四面八方的英雄好漢，也群集在體育館門口，人手一張「不平則鳴」的抗議牌子，沸沸揚揚，有如嘉年華會。

看了這樣百年難見的盛大場面，老關和他老婆，什麼事不好想，居然不約而同地想起「春捲事件」來了。

原來數年前，千橡市康谷華人協會就在此同一校園參加「國際美食大展」，宣揚我中華文化，義賣春捲。

正如眾所周知，ＣＬＵ平時就是個幽靜無人的校園，義賣春捲的那天清早，更是稀奇古怪地吹來陣陣怪風，吹得杯飛盤走、招牌滿天飛，吹得帳篷呼拉呼拉、搖搖欲墜。同時參加大展的其他各族各裔，早就收攤歇店，打道回府，只有我龍的傳人，莊敬自強、處變不驚，在狂風沙中，翹首以待顧客上門。難得有人路過，各位漢家女將，紛紛圍上前去，施出「不食我漢家春捲，絕不罷休」的神勇威風，在極惡劣的自然環境下，居然創下遊客三百，賣出春捲五百條的輝煌成績，不但為華文教育募來基金，也為千橡市華人婦女同胞，堅忍不拔、勇往直前的大無畏精神，寫下了可敬可佩、可歌可泣的一頁。

貴在深山有遠親，漢家春捲的吸引力自然比不上總統「英姿」，現在由於美國總統的「御駕親征」，此一校園頓時旌旗飄揚，冠蓋如雲，前呼後擁，滿園生輝。正應了中國古人的一句名言：「此一時也，彼一時也！」

正在老闞和他老婆為春捲事件「牛衣對泣」感嘆不已時，李表哥注意到他們一行六人，在數英里外的隊尾，已苦苦地等了兩小時，仍不見絲毫動靜。李表哥、老闞一商量，認為除了鋌而走險之外，別無他途。

於是李表哥等一行六人，走到體育館門口，東張西望，打探消息。只見警衛森嚴，便衣處處，想渾水摸魚，實非易事。恰在此時，忽見一群著唐裝的中國娃娃在體育館門口集合，李表哥心生一計，走上前去和領隊稱兄道弟，這才如願以償，進入體育館中。

進得風雨操場，情況並不樂觀，場內人擠如沙丁魚。這次去的幾位女士，都是嬌小玲瓏的南國佳麗，混在人高馬大的老美群中，「高山仰止」十分吃力，剛剛避開了甲頭，就被乙頭擋了個正著。臺上既是音樂與樂隊，又是名流政要輪番演講。這些名流，盡是平日耳熟能詳的響噹噹人物，像是加州州長杜美金、參議員威爾遜（後為加州州長）等等，可惜都被一山還有一山高的「頭林」給擋得水洩不通，看不真確。就連老布希總統的廬山真面目，也看得恍恍忽忽的，好像看得一清二楚，又好像什麼也沒看到。

當貴賓們演講完畢，總統和各位大員相繼離去的同時，李表哥和李表嫂也雙雙宣告失蹤。過了好半天，人潮都差不多散光了，他們才滿面春風地出現。為人四海的李表哥，馬上慷慨大方地向眾人宣佈，我剛才和布希總統握了手，現在誰和我握手，就等於『也』和總統握了手。」此言一出，同行的其他四人都不甘錯過大好良機，爭相上前，和李表哥大握其手。

就這樣，千橡華人見到布希總統，而且和他握手的小道消息，就在南加州的華人界不脛而走了。

夢幻之城

賭城Bellagio室內花園的秋妝

華麗的建築、迷人的花園、堂皇的廳堂、精緻的美食、豪華的歌舞，Las Vegas（拉斯維加斯）是一個介乎夢幻與真實之間的世界，是一個尋常百姓（甚至窮家小戶）可以用極少的金錢去享受皇家奢華的夢幻之城。

Las Vegas的賭場，個個都是心理學高手，他們會三五不時地施人以小惠，讓我們為不勞而獲歡喜，然後我們就變成了追逐魚餌的小魚，一而再、再而三地回到夢幻之鄉去追尋好夢。

夢幻城中，隨時隨地都充斥著種種不可思議的傳奇故事，最常聽人說的是「某某人隨便拉了兩下子吃角子老虎，就成了百萬富翁」。聽多了這樣的故事，曾幾何時，我也變成了洄游隊伍中的一條追夢小魚，時時洄游，只可惜我追夢數十載，傳聞中的奇蹟「尚未」發生（請注意這「尚未」兩字），勉強值得一提的也只有區區小事一樁。

這事得從十來年前說起。那時，我和老公不知為了什麼原因，在一家叫Desert Inn的賭場中留下了姓名與地址，後來再沒踏進這家賭場一步。大概是三四年前吧，我們忽然收到了一封奇怪的邀請函，信上說Desert Inn被一家叫Wynn的賭場給買去了，在拆除的原址上，重新建造了一家豪華大賭場，現在為了慶祝新店開張，特別邀請我們「老主顧」去享用三天二夜的免費住宿。這家Wynn是一間五星級的豪華大酒店，至少要兩三百元美金才能住上一晚。小賭徒，好運道，我們收到了這樣的邀請函，不免喜出望外。

Wynn是這家賭場老闆Steve Wynn的姓（有人把Wynn翻成極為傳神的「穩贏」）。「穩贏」先生是一家賭場開發公司的大頭目，他們公司營建開發了Bellagio、The Mirage、Treasure Island等等大名鼎鼎的豪華大賭場。這家Wynn（澳門翻成永利）是「穩贏」先生自己開的賭場，又以他的名字命名，當然是精華中的精華，未開張就已先轟動，是當年的賭城大事。

看在主人慷慨大方的面子上，我們做貴賓的當然不能過份小氣，所以我們就刻意地去看了一場豪華秀。在看完秀以後，我更留在賭場中大玩「吃角子老虎」（slot machine）。新生代的老虎機，好像有了生命的跡象，居然會耍花招，跟客人互動起來。我和幾臺一分錢的機器「鬥智」，鬥到半夜三更，你來我往，智力相當，一直勝負難分，沒有輸贏。沒想到臨走結帳時，賭場認為我玩的時間長，累積了些點數，特別獎賞我每客四十元的豪華自助餐券兩張，讓我們夫婦吃飽後再上路回家。

去年十二月，我們又去了一趟Las Vegas，這次的旅行是有點文學味的。原來去年九月，我去Las Vegas參加「海外華文女作家協會」年會，回來後不久，忽然收到賭場旅社的邀請，邀我在耶誕與新年期間再去遊玩，不但旅館大減價，另外還饋贈現金，現金金額，又剛好跟旅店的住宿費用相當，我和老公別無選擇，只好再泗游一次了。

我們去之前，Las Vegas突然大風大雪，但到我們去時，天氣又突然變暖，有若早春，不見一點雪影。我們趁著陽光普照的好天氣，跑了好幾家大賭場，拍到許多美麗的「夢幻」鏡頭。

在幾家大賭場之中，我最喜歡剛開張的Encore（「再來一個」）。「再來」本是「穩贏」大賭場的擴建，後來乾脆改成姐妹店。「再來」的內部裝潢全由「穩贏」夫人一手設計，比「穩贏」的裝潢還要精美，我在滿是蝴蝶與秋海棠的室內花園裡，拍照又拍照，一直捨不得離開。

賭城新星City Center與天方夜譚

賭城的City Center

近年來，阿拉伯的杜拜（Dubai），動作頻頻、新聞連連，使我對杜拜的奢華與創新十分好奇，只是去一趟杜拜不但路途遙遠，而且旅費昂貴，因此我雖曾有探祕之心，卻從無探祕之實。

誰知去年（二〇〇九）年底，我忽從報上看到Dubai World和Las Vegas的MGM Mirage合夥，斥資八十五億（8.5 billion）元，在Las Vegas建造了一座名為City Center的城中之城，於十二月十六日開幕。「探祕杜拜」的機會自己送上門來，當然不能錯過，我就和老公趁各大旅社提供免費住宿的耶誕期間，再赴賭城一遊。

我從十歲，第一次看《天方夜譚》起，就知道阿拉伯人擁有「阿里巴巴與四十大盜」的山洞密碼、一盞直達「天聽」的阿拉丁神燈，以及在空中飛來飛去的魔毯，還有……後來主宰世界經濟命脈的石油。只是萬萬想不到，這些阿拉伯魔法，日後竟會與我有關，而且還成為我生活中重要的一部份。

如果你不信，我就舉幾個例子給你聽聽：我現在經常到世界各地旅行，來來回回乘坐的就是現在叫飛機的「魔毯」；我每天回家，把「車庫遙控器」（garage opener）一按——芝麻開門！我的車庫就豁然洞開；我走進任何商店，只要將「神燈」（現在叫信用卡）一揚——刷卡！立刻穿的、戴的、吃的、喝的都成了我的囊中之物；至於汽油，那就更不用說了，我每隔幾天就要去汽油站報到……就在幾天前，我聽到了一個叫「雲端科技」的新名詞，我馬上就想到，那「雲端」很可能就是神燈直達「天聽」的「天聽」。所以我想，現代杜拜之所以能無中生有，把一個小漁村變成世界最豪華的地標，確實有它的歷史淵源的。

現在，杜拜到Las Vegas來了。這座名叫City Center的城堡，位於Las Vegas繁華熱鬧的Las Vegas Boulevard（The Strip）上，在Bellagio與Monte Carlo兩大賭場之間，佔地六十七英畝。

這六十七英畝，說小不小，說大也不大。CityCenter要在這「區區」六十七英畝中，蓋一座超級大賭場（十五萬平方英尺），四座大旅社（總共有六千兩百九十一間房間），四個spa，四十二個餐廳、咖啡屋與酒吧，與八百九十七戶condo等等，絕非小事一樁。除了投下巨資之外，City Center的設計與建構，全由世界最頂級的建築大師費盡心思所建，是創下世界或賭城許多「第一」的超時代作品。

所謂的城中城，包括六大建築，其中有賭場與旅社（Aria）、購物中心（Crystals）、兩大旅社（Vdara及Harmon）、私人住宅與旅社（Mandarin Oriental），以及私家住宅（Veer Towers）。

這六大建築大小不等，高低不一，人在其中會有如迷宮。我們聽了行家的建議，從Bellagio搭Tram進城。Tram是連結Bellagio與Monte Carlo賭場的電動車，一次可載客一百三十二人（每小時三千兩百六十六人），在Crystals下車後，一走出去就是City Center的Crystals，也就是世界最昂貴精品店之所在了。

Crystals本身是一個像現代博物館一樣的超級大廳，從頂樓往下俯視，高闊空曠的大廳中擺設了世界著名藝術大師的抽象雕塑。其中最引人注目的是三層樓高、七十英尺、像「頭髮吹風機」式的超大型雕塑，此雕塑是以沙貝列木（sapele）為經、桃花心木（mahogany）為緯，所編製成的銀杏葉與蘆葦，雕塑中間像竹簍的部份則是一家餐館。

一旦我們離開了Crystals大樓，其他的五大建築馬上迎面而來，一片銀色的玻璃，在陽光下閃閃發光，此時我們有如在太空遨遊，突然間來到了一個不知名的星球，看到了好多新奇閃亮的建築。然後，也一如電影情節，經過了一番摸索，我們終於來到了星際旅遊的終點站——Aria，一個六十一層樓、四千間房間、五百六十八個套房的大賭場。

Aria賭場與一般的賭場相差無幾，可貴的是Aria有節能省碳的裝置，與通風排氣的設計。Aria利用裝在吃角子老虎機下的空調機，一面調節室內溫度，一面將污穢的空氣向上吹出，以保持賭場空氣的清潔。

賭場之中，有各種餐廳、糖果店、咖啡屋、酒吧等等，可供客人終日吃喝玩樂。我們到自助餐廳午餐時，午餐的人潮已過，食客不多（可能是聖誕夜的關係），自助餐的水準不錯，點心很精美，價格也很公道。我在自助餐廳中發現了印度「饢餅」（naan）與烤「饢」的爐子，這爐子與以前臺灣烤燒餅的泥爐很像，只是爐子不用泥土，而用不鏽鋼等的現代材料製作，烤出來的「饢」與我在新疆吃到的「饢」無論形狀與口感都十分相似。

City Center網羅了世界第一流建築師、設計師、藝術家與美食家的作品，也吸引了世界最昂貴的精品商店（有的還沒有開張）。我們因不知城中城的威力，在城中沒目的、沒方向地隨興而行，結果一天還不到，才只草草地遊覽了Crystals與Aria兩幢大樓，就發現City Center之中可看、可買、可玩、可吃的東西太多，而我們的體力實在有限，因此我們到City Center的第一次探索，就只好到此為止、暫且打住了。

雖然City Center不是杜拜，而且我們在City Center也只是蜻蜓點水，匆匆一瞥，並沒有做深度之遊，但總算一償宿願，淺嚐了豪華、時尚與前衛的杜拜作風，也見識了一個「花錢不手軟」的花花世界。然而對從小愛看《天方夜譚》的我來說，我現在最想做的，就是要上網再去多看幾遍《天方夜譚》。我相信，那本書上一定還有很多我所不知道的魔法與高科技。

文字因緣

翰墨緣

張棠與徐潤蘇在畫展中合照（身後是張棠的畫作「廬山憶往」）

我中年學國畫，居然坐不下來，沒有定力。

我從小沒耐性，為了不肯練毛筆字，曾經故意把媽媽新打的毛衣，沾上墨汁，以示抗議；後來更惡形惡狀、大言不慚地說：「吃飽了飯沒事做，才去寫字！」

誰知人過中年，在江湖上有了幾番閱歷，竟生了鏡花水月之心。再加上幾位朋友的英年猝逝，更使我想到了人生之苦短，世事之無常，而我皇皇栖栖，勞累終日，不知為誰辛苦為誰忙，不如轉變生活重心，寄情於書畫。

人一旦有心，天下無難事。我用嚴肅的古典音樂，來穩定自己的浮躁與不安，再找出一件特大號、鬆垮垮的T-Shirt穿在身上，看到自己「藝術大師」的打扮，就有「畫虎不成至少有貓味」的喜悅。剛開始學畫，只能坐上五分鐘。三個月後，學竹畫蘭，怡然自得，可以一坐就坐上二三個小時，而不知時間之飛逝。

學寫字是一個巧合。當我第一次參加學生畫展時，發現畫完畫還要題款簽名，千辛萬苦畫的「得意之作」，被自己三腳貓式的毛筆字一寫，就慘不忍睹，難以入目，從這時起，我開始想學書法。

剛好教我們國畫的唐大康老師，書畫雙全，他也希望我們學生一面學畫，一面練字。唐老師的教法不是從楷書開始，而是從漢隸「張遷碑」入門。張遷碑外方內圓，看似嚴謹，一筆不苟，但要寫出「外方內圓」的味道，卻不容易。寫張遷碑的同時，唐老師還要我們寫「石門頌」。石門頌是隸書中的草書，筆法瀟灑自如，只可惜初學時不能欣賞，要臨帖書寫多次以後，才能逐漸地領略到石門頌筆法的「奇縱恣肆」。

因為我以前對中國書畫漠不關心，閱歷有限，眼光狹隘。凡事眼光一狹小，在學習的過程中就容易遭到挫折。如要減少挫折感，似乎只有增長見識，放寬胸襟一途。那時網際網路尚未出現，在國外找中國書畫資料極其困難，我只有到臺灣去尋珠覓寶。

我母親在子女成長後才開始學字學畫，到我想學書畫時，她已學書畫三十年。

三十年以來，母親蒐集了不少中國書畫有關的書籍。我回到臺北娘家，每日置身於寶山之中，看書臨帖，不亦樂乎。我母親也以為找到了接棒人，喜不自勝，陪我四處看書畫展。

溪弟一向對我的寫字鼓勵最多，他認為我們姐弟三人，我的字最得母親真傳。承他為我開課講授書法美學，並和弟妹陪我去故宮博物院欣賞書法精品。在故宮，我看到明代文徵明九十幾歲的作品，依然雄渾有力，叫我感動不已。

歸家後不久，我母親住院身體檢查，父親和我每日坐公車去醫院探望。公車所過，市招林立，各家各派，盡是好字，其中不乏名家手筆，看得我眼花繚亂，直呼過癮。我一路細細研究，慢慢欣賞，每日來去榮民總醫院至少二小時以上，竟從不嫌公車緩慢。

未去臺北之前，有朋友介紹「小書齋」給我。到了臺北，才知道小書齋就在我家附近。小書齋樓下賣文房四寶，二樓盡是字帖。我在臺北兩週，連去小書齋四次。小書齋二樓，環境清幽，地點適中，人少而書帖多。我坐擁書城，精挑細選，翻看再三，如久旱之逢甘霖，流連不去，樂而忘返。只可惜多年後再去小書齋，二樓的字帖部早已關閉，移作他用了。

經過了這番臺北留學取經，我眼界大開。我中華民族，三五千年的書法藝術，江山代有人才出，各家有各家之美，各家有各家之妙，漢碑的「沉雄博大」，正是我最心儀的民族精神。我三生有幸，生為華人，因會書寫中文，而得以進入藝術的最高殿堂，享受中國書法之神妙。

有人說，書法氣功可以防癌、治癌。書法是不是可以防治癌症，我不知道，不過歷朝的大書法家，在醫療條件甚差的環境下，多能長壽，而且各位書法大師，都能老而彌堅，愈寫愈精妙，我想書法的定心忘我、靜心無為，都有助於延年益壽吧！

我請當時九十四歲的書法家黃荼民先生為我寫「老驥伏櫪，志在千里」以明心跡，老先生笑我：「老驥伏櫪？妳太年輕了！我不如送妳志在千里罷！」我這才發現在長壽的書法大家面前，五六十歲確實很年輕。

海闊天空任我遊

我愛寫作應該是天生的，我祖輩世世代代讀書、寫文章、考科舉，我想他們傳給我的ＤＮＡ密碼裡面，一定包含了讀，也包含了寫。至於寫得好不好，那一定不在密碼上，就是在密碼上，我也不會解讀。

一個人有基因當然是不夠的，還得等待機會。我生於亂世，年輕時東忙西忙，只有失業時才想到寫作。我四十歲左右，從美東搬來洛杉磯，一時無班可上，那時《中國時報》正好新開了一個海外版，我運氣好，一投稿就受到編輯的青睞。我一口氣就寫了幾百篇文章，一二年以後，《中國時報》海外版關了門，我也在「美國人口普查局」找到了工作，我這一工作，就整整地做了二十一年。

在這二十一年之中，我的作品極少，但與寫作的緣份卻從未中斷。我在我們居住的小城辦了一份地方雜誌，這份後來由千橡康谷中國文化協會接辦的雜誌，多年來培養了一批優秀的編寫人才，後來接班的編輯群愈做愈好。現在這份叫《千橡》的雜誌已有二十五年歷史，每期頁數都高達一百以上，是一份很有水準、很受歡迎的地方雜誌。就是因為這份雜誌，我學會了用中文電腦寫作，也學會了上網查資料。同時我在普查局，也利用當刊物主編的機會，學到了電腦掃描與電腦排版等的有關技巧。

我父親二〇〇二年過世，留下了一份自傳《滄海拾筆》。從自傳在《傳記文學》上連載，到二〇〇九年十月《傳記文學》出單行本，所有《滄海拾筆》的整理工作，全由我和我的電腦一手包辦，我這才發現，這二十多年來的努力，真的沒有白費。

二〇〇七年，我從工作崗位上退休，部落格（Blog，博客）才剛剛起步不久，「北德州文友社」甘秀霞會長送了我一個部落格，想不到我所學到的電腦技術，正是經營部落格之所需。擁有部落格有如辦雜誌，需要讀者，幸虧此時我們「海外華文女作家協會」在「世界部落格」（WJBlog）上開闢了一塊園地，在黃美之、伊犁等會友的鼓勵下，我參加了園地的耕耘。部落格有文、有圖、有聲音，寫作由平面而立體，而且作者每寫一文，就可立即上網發表，不需等待。

就是因為科技的突飛猛進，寫作的天地愈來愈寬廣，我生而有幸，能及時進入科技寫作的行列，邊學邊寫，人在其中，如魚游，如鳥飛，逍遙又自在。

註：我的「世界部落格」網址：http://blog.worldjournal.com/blog/張棠隨筆/。
張棠的詩詞世界：http://blog.udn.com/UnaKuan。

從恐龍到孫悟空

我生而有幸，趕上了e世代，只可惜生得太早，從電腦（computer）的出生到他長大成人，我都在一旁看他，陪他，跟著他跌跌撞撞、辛辛苦苦的一路走來。

電腦絕非等閒之輩。根據歷史資料，他的誕生與戰爭有關，二次世界大戰結束後，美國將處理情資的科技轉為「民用」，作為人口普查處理人口數字的工具，自此揭開了e世代的序幕。

剛出生的電腦，確實「氣宇不凡」，一出生就像一隻恐龍，要好幾間大房間才容得下他巨大無比的身軀。

六〇年代初，處理電腦數字的尖端科技叫「打卡」（card punch）。「電腦打卡」在當時的臺灣十分熱門，被視為到美國謀生的「不二法門」，由是有志出國的準女留學生莫不趨之若鶩，紛紛繳上昂貴的學費，坐在龐大的「打卡機」前，達達……達達……達達達的學打卡。

我當然也不例外，大學一畢業就跟隨潮流去繳學費、學打卡，只是我沒有打卡的天分，打起卡來，十指糾纏，心不在焉，一錯再錯，我自已不急，可把我媽的頭髮都急白了。誰知「天公疼憨人」，等我到了美國，連打卡的邊都還沒摸著，打卡的時代就已經結束了。

拿到碩士學位以後，我在市場研究公司當研究員，整天要寫市場報告。我初到美國，英文欠佳，不得不求助於部裏的祕書小姐。祕書的主要工作是接電話與打字，不包括改錯字與改文法，為了籠絡她們，我只好三天兩頭的請她們吃飯、送她們禮物，我的這一點小小私心，使我意外的成了部裏最有人氣的研究員。

後來該來的還是來了——我賴以為生的「秘書」被PC（個人電腦）取代了。「秘書後」的日子過得很辛苦，我也不知是怎麼過來的，直到有一天，我忽然發現電腦長大了，他居然可以指正我的錯字與文法，比以前的秘書小姐還貼心。

在我快從職場退休時，「e世代」這個名詞突然的流行了起來。想必是為了迎合新時代的需求，我們單位的年輕主管，雇來了大批e世代的青年才俊，結果我們老一輩的e語言進步了，而我們自以為珍貴的經驗與智慧卻找不到接班人。

就在我退休的前夕，北德州文友送我一個部落格（blog、博客），我就靠這個部落格，正式的進入了e世代。

退休以後，我不必早起，也不必與千萬人在高速公路上擠來擠去。我早上起來，一面悠閒的吃早點、喝咖啡，一面打開電腦，先看e-mail，再看e新聞，如有靈感，就寫寫e文章，透過網際網路，與文友讀者們在「雲端」相會。

前人說：「秀才不出門，能知天下事」，現在的「秀才」可不是以前的「冬烘先生」了，而是e世代的「新新人類」。有一天我無意中看到我桌上的超薄型電腦，嚇了一大跳，不知從什麼時候開始，這隻侏羅紀、白堊紀的巨大恐龍，竟變得如此的乾扁瘦小？尤其不可思議的是，這單薄的小小身軀竟主導著我的生活、我的思想、甚至我的命運。

我現在很少上圖書館、跑書店，也不煲電話粥（在電話中長談），連電視都少看，我所喜、所愛、所需的，幾全藏身於這一方小小乾坤之中。在e世代的今天，我突然發現，我擁有的已不再是一臺個人電腦，一個iPhone或iPad，而是一個身懷絕技、變化多端的「齊天大聖」孫悟空。他聽命於我，時而飛上「雲端」，時而潛入海底，時而現身市井，時而隱沒宇宙深處，他整天忙忙碌碌，認真負責地去執行我所交待的每一項任務。

回首來時路，我覺得自己是一個幸運兒。我生逢其時，跟著電腦一路走來，有他陪我、伴我、知我、助我，我才有今天如此豐富充實，逍遙自在的退休生活。

哈雷彗星

作家大抵有三種。

第一種是「文壇的長青樹」：這些作家群，不論年齡大小，都「老而彌堅」，文章源源出籠，聲望歷久不衰。

第二種是「藕斷絲連型」：時而隱退，時而東山再起，在文壇上，神出鬼沒，忽隱忽現。

第三種是「驚鴻一瞥型」：就像天上亮光一閃即逝的流星，我們還沒看清他們的廬山真面目，他們就已從地平線上消逝得無影無蹤了。

以我投稿兩年的「戰績」來看，最多只能躋身於天空殞石、夏夜流星之屬。然天下事，似乎都脫不了一個「緣」字。雖然我退隱歸山多年，早已不再涉足江湖文事，奈何情債未了，文緣難斷，不但親友們迄今仍不斷鼓勵我，要我再接再厲，繼續努力，最叫我驚異的莫過於在各種社交場合中，朋友們一再介紹我為「作家」，聽得我心驚膽戰，羞愧難當。

說來我這一生在寫作上所下的功夫，實在少之又少，卻想不到兩年「無心插柳」的投稿，使我意外地成為朋友心目中「作家協會」的「永久會員」。似乎在朋友心中，一日為作家，終身為作家。我甚至可以想像到在我的墓碑上都會被人寫著：「此地躺著一個作家。」而我在寫作上所付出的精力微乎其微，在寫作的成績上又乏善可陳，對於親友的期許，我無顏以對。

親友是一個人永遠的資產，不論我歸山封筆多少年，他們永遠記得「我是天空裡的一片雲，偶爾投影在『讀者』的波心」。

我以前寫稿甚勤時，每到年終就把一年來發表過的文章匯集成《人在西湖》小冊，寄贈親友，以文代信，報告一年近況。近年來無成績單可繳，朋友們紛紛來信催促，甚至還有朋友對我丈夫曉以大義：「叫你太太少煮飯，多寫文章！」我更在退隱之中發現朋友們的媽媽也是我的讀者，我一停筆，就收到朋友來鴻：「我媽媽問妳為什麼不寫文章了？」

自古以來，文人相輕，而我幾乎夭折了的寫作生涯，近日又在文友的鼓勵下，枯木逢春、老幹生枝，有了新的生機。

就是為了這些可愛的知音知己，我這顆已墜落了的流星，又開始秣兵厲馬，加入哈雷彗星的陣容。這一次不到七十五年，就要回來，向地球報到了。

我的廬山真面目

我以前認識的作家不多，認識的幾位，大都是「人文不符」的。明明我以為昂藏八尺、不讓鬚眉的作家張讓，偏偏是小巧玲瓏的嬌嬌女。和我中學同班的席慕蓉，是最豪邁不過的蒙古女子，卻以寫《無怨的青春》、《七里香》之類柔情綿綿的新詩，轟動海峽兩岸。所以現在只要有人說看過我的文章，我就馬上追問：「我的文章像不像我？」到目前為止，「似乎」大家一致公認我「文如其人」，使我非常滿意。

好多年前，我生平第一次收到讀者來書，捧讀再三，視為珍寶，這位陌生女子在信中一再的說：「假定妳本人和文章裡的妳一樣可愛。」經她「大膽假設」後，害得我憂心忡忡，一日三省吾身，生怕一個前途似錦、大有作為的女子，在年紀輕輕、十八一朵花的年紀，就「遇人不淑」，慘遭偶像幻滅的苦痛。

我現在才知道，一個人知道自己太多，不見得是件好事。由於上面的讀者事件，我自我大解剖、大檢討的結果是非常頹喪的：自己看自己，愈看愈不歡喜。

我日日照鏡子，從來看不見臉上的疤痕皺紋，還怡然自樂；我嘰嘰咕咕，說話終日不停，偶爾在錄音機上聽到自己的聲音，「嘔啞嘲哳難為聽」，卻堅持是機器故障。雖然我的文章走的是「嘻嘻哈哈」路線，與我相處久了，就會發現我原來是個極端保守、嚴肅得近乎令人討厭的人物，連平個笑話也不會說，就是說了也不好笑。

我自以為平日為人慈悲為懷，和氣生財，卻想不到常常好心的一句話，會引起軒然大波，經常要丈夫出面，去煩解憂，化干戈為玉帛。難怪有人說：「每一個偉大男人的後面一定有一個偉大的女人。」若不是我有惹是生非的本領，我丈夫絕無今天的能幹。光憑這一點，丈夫就該謝我。

我想我也不是全然沒有好處的，我最大的好處就是無論什麼人和我在一起，就顯得精明能幹。以前我打網球的時候，很多人都喜歡找我做她們雙打的球伴，因為一碰到我，就是平日成績平平的人，也會在忽然之間，打得招招精彩，連連得分。我站在旁邊連球都不必多碰，就能坐享其成，陪著猛贏球。至於我的烹調技術，那就更不必說了，跟我一比，誰都是國寶級廚師。

多年前，我寫作甚勤時，文友吳玲瑤不知從哪裡找到了我，電邀我去聆聽「美西華人」舉辦的中文報紙副刊講座，我們約好在會場相見。屆時我一下子就找到了她，但在我做了自我介紹以後，從她錯愕的表情上可以看得出來，我一定人文不符。

既然我有人文不符的可能性，且讓我在這裡向大家透露一個祕密吧！以後你如果在街頭巷尾見到了這麼一個人：她比老的年輕，比年輕的老，比高的矮，比矮的高，比胖的瘦，比瘦的胖，那個人說不定就是我！

夏威夷的海浪

退休是一個極其複雜的人生過程。當我還在上班時，退休似乎是「自由」的代名詞；一旦決定退休以後，我才發現自由有自由的代價。退休對一個人生理與心理的衝擊，一點也不亞於我們的青春期或更年期。

我曾在退休前，參加過多次免費的退休講座，並聽從了專家的建議，先規劃，再退休。其實，我那時並不瞭解退休的真正意義，以為退休就是度假，所以我找到一個出差機會，到夏威夷去體驗一下退休的滋味。

在我訂旅館的時候，櫃檯小姐好像看穿了我的心思，就在電話中告訴我：「我們旅社剛剛把一排對著大海的客房重新整修裝潢過了，你只要從房間中望出去，就可以看到夏威夷迷人的藍天與大海，只是價格比你的出差費要高一點。」

「沒問題，就訂一間對著大海的房間吧！不夠的費用，我自己付。」說得豪氣干雲，絕對沒人相信，這是我生平第一次如此奢華。

從綠色椰樹、黃色雞蛋花與紅色天堂鳥的花叢中，我走進了我訂的房間。一切果如櫃檯小姐所言，從落地窗望出去，一片藍天大海，窗下浪花如雪，海浪不斷地衝撞著岸邊的黑色火山岩，發出轟隆轟隆的響聲，一如電影情節，有說不出的詩情畫意、美麗與優閒。

當天晚上，我在海邊餐廳進食，特別點了餐廳中最貴的牛排。其實我平時並不喜愛厚重的牛排，然而那天晚上我卻下定決心，非吃一頓昂貴的晚餐不可。

洛杉磯與夏威夷時差四小時，我清早五時起來搭飛機，到吃晚飯的時候，已是洛杉磯的晚上十時多，也就是我平時上床睡覺的時間了。只是想不到陌生的房間、陌生的床，還有喧鬧無比的海浪，像鑼鼓一樣，在我耳邊不停地敲打，一聲比一聲響，害得我整個晚上翻來覆去，怎麼也睡不著。第二天我的憔悴與疲累，也就可想而知了。

現在回想起來，真要多謝夏威夷的海浪，是它使我明白了：「人到了退休的年紀，生活方式已經定型，要改就難了。」

退休以後，我的日子過得很自在，我一點也不羨慕別人，我認為最好的退休生活，就是用自己的方式過自己的日子。

江南女子

江浙一帶，文風鼎盛，是隋唐開科取士以來，考取狀元與進士人數最多的地方。但是和這些狀元、進士們有著同樣基因的江南女子，她們的文學藝術成就卻相對地貧乏，幾乎鮮為人知。那麼，這些冰雪聰明的江南女子都到那裡去了呢？

她們既不在進士榜上，也不在文學藝術的史冊中，但她們並沒有缺席，她們活在民間故事裡，過著有血有肉、多彩多姿的生活。

「呆女婿」的故事，是中國特有的一種民間文學，在江浙一帶十分流行。這些故事的基本公式是：父親過生日，女兒與女婿們紛紛回娘家給老人家祝壽。大女婿富，二女婿貴，他們在壽宴上的行為舉止莫不中規中矩、合乎禮儀，只有小女婿不學無術、有幾份傻氣，而小女兒又特別地聰明能幹，由是呆女婿的故事不脛而走，成為深受中國人喜愛的一種笑話類型。

我們不禁要問，同是一家人的女兒，為什麼只有小女兒的夫婿總是呆頭呆腦、笑話百出？其實我們都知道，這是說故事人慣用的反襯法，故意用小女婿的呆傻，來突顯女兒的聰明。

在諸多「呆女婿」的故事之中，「大餅的故事」是我最喜歡的一個。故事說女兒出門，怕丈夫捱餓，就特別做了一個大餅掛在他的脖子上，誰知這女婿把前面的餅吃完了，卻懶得把餅從後面轉到前面來，結果還是餓死了。從這個笑話裡，我們透過了女婿之懶，看到了女兒的能幹。若不是女兒在家中，把大小事情處理妥當，女婿怎會心存依賴、懶不可言呢？有趣的是，一直到今天，像這樣不擅處理家事的女婿，依然比比皆是，時時可見。

所謂民間故事，基本上是「人民的集體創作」，是最能反映當地人們心聲的一種文學作品。中國有四大民間傳說：梁祝、白蛇傳、牛郎織女與孟姜女，其中有兩個就發生在江南。根據現代流行的版本，祝英台女扮男裝去讀書的地方是杭州，而《白蛇傳》也發生在杭州西湖。

當我們為梁祝化蝶的愛情故事噓唏不已時，也許會忽略到，在女子不能讀書的時代，祝英台之所以一直沒被人看出是個女子，很可能是因為她的學習成績極為優秀，不讓鬚眉的緣故。而梁山伯的表現則是一個十足的書呆子，在有名的「十八相送」劇情之中，祝英台一再地暗示自己是個女子，而梁山伯就是百聽不懂，難怪祝英台要一語雙關地罵他：呆頭鵝了！

《白蛇傳》的發生地是美麗的西湖，一個詩情畫意、使人很想談戀愛的地方。從種種跡象看來，女主角白素貞絕不是一個簡單的人物，所以她被人說成是一條修煉成精的白蛇（如不是修煉成精的白蛇，怎能集美麗、強悍與膽識於一身？）。

就像其他的愛情故事一樣，有一天，一個叫許仙的普通男子，在細雨霏霏的西湖斷橋，遇見了一個絕色美女，因為借傘而相識、而墜入情網。結婚以後，夫婦兩人相親相愛地過日子，誰知跑出一群愛管閒事的衛道之士，諸如茅山道士與法海和尚，一再地說許仙身上有妖氣。這許仙是個典型的呆女婿，他居然聽信了陌生人的說三道四。當白素貞孤軍奮戰法海的時候，許仙不是被白蛇的現形給嚇死了，就是躲進了金山寺中不敢出來。白素貞為了愛夫、護夫、救夫，不惜盜仙草，水漫金山，最後被法海和尚收在缽盂之中，壓在雷鋒塔下。

一九二四年九月二十五日下午，雷鋒塔突然全部崩塌，在塔底當然沒找到缽盂，也沒找到白蛇。隨著一九二四年那場崩塌的，是千年的傳統禮教，是壓在江南女子身上的層層厚磚。如今和自己兄弟們有著同樣ＤＮＡ的江南女子，已從雷鋒塔底被解放了出來，她們不必女扮男裝，就可以和兄弟們一樣地讀書受教育、作詩寫文章，從事她們喜愛的工作。

江南女子祝英台的化蝶，與白素貞的被壓在雷峰塔下，都是我中華民族最美麗的愛情神話，也是江南女子追尋愛情、追求幸福的重要里程碑。而這世上每一個妻子眼中的「呆女婿」，很可能都是被妻子百般呵護的幸福男子。

北島在千橡

北島、吳茵茵與張棠在加州千橡合影

二〇〇七年感恩節前夕，吹來一陣春風，吹來了詩人北島。千橡的一群詩歌愛好者，在《千橡》雜誌主編吳茵茵家中，見到了榮獲諾貝爾文學獎提名的詩人北島。

我在《世界日報》副刊上看過北島的散文，覺得他用字簡鍊，文章清淡有味，但對他最有名的「朦朧詩」，卻一點也看不懂，是個「詩盲」。現在聽說北島要來，我臨時抱佛腳，上網查了他的資料，包括他的照片，所以一見到北島，我就「一見如故」了。北島的氣質是很詩人的，他有著瘦高的個子，瘦長的臉，一雙濃眉，不怎麼愛笑，臉上帶著詩人特有的憂鬱。

他不多話，但對我們提出的問題，都能深入淺出、認真地回答。他談詩論歌，簡單明瞭，有條有理，一點也不朦朧。他對自己的種種遭遇，十分坦然。他和我們講了許多自己的故事，包括怎麼會來千橡、為什麼叫北島、成名得這麼早對以後的創作有沒有妨礙等等。

北島原名趙振開，祖籍浙江湖州，一九四九年生於北京。他十六歲時，適逢文化大革命。他當過建築工人，也當過鐵匠。一九七八年十二月，他和詩人芒克創辦《今天》雜誌，在《今天》的創刊號上，北島發表了他最有名的一首詩〈回答〉。詩中「卑鄙是卑鄙者的通行證，高尚是高尚者的墓誌銘」，和另一位詩人顧城的「黑夜給了我黑色的眼睛，我卻用它來尋找光明」的詩句，成為當時大陸青年的「精神寫真」。一直到今天，這四句詩，仍然在大陸青年中廣為傳誦。

這次北島的飄然而至，可以說是命運的安排。因為《今天》雜誌編輯部主任王瑞芸住在千橡，北島去墨西參加一個文學會議，女兒田田忽然病倒，為了怕女兒旅途勞累，他就臨時到千橡一轉。這一轉，千橡人有福了，轉來了「今夜」這場難能可貴的座談會。

北島在一九八九年離開了中國，先後在德國、挪威、瑞典、丹麥、荷蘭、法國、美國等國家居住，在飄泊中，他想念女兒，曾經寫過一首詩給當時才五歲的田田：「你的名字是兩扇窗戶，一扇開向沒有指針的太陽，一扇開向你的父親，他變成了逃亡的刺蝟。」（〈畫——給田田五歲生日〉）

現在的田田，已經二十二歲，長髮披肩，清純可愛。北島坐在女兒身邊，不時與她低語。女兒等朋友來接，做父親的特別交代，早點回來。在我們不停的問話中，田田也連著問了兩個有關靈感與詩的創作問題。北島忽然轉過頭來，開女兒的玩笑，說：「妳怎麼也問起問題來了？」從這些細微的言行舉止上，可以看得出北島是一個慈愛的父親。問到北島未來的動向，他說詩與家是他的生活重心，他還有一個四歲的孩子。

北島的名字是芒克取的。他和芒克互取名字，芒克後來解釋，「北島」是「北方沉默的島」的意思；芒克的綽號叫猴子，北島就以monkey（芒克）回贈。我沒見過芒克，不知道他像不像猴子，北島的名字卻取得十分傳神，他真像一座「北方沉默的島嶼」。

現在北島在香港中文大學，要開一門「詩的創作」。今夜在座諸人，對詩歌的創作興趣很高，接二連三地問了很多問題，北島就為大家做了深入淺出的講解。

寫詩：寫詩像淘金一樣，要把沙淘盡，才能露出真金；詩是精神與語言的交融，除了靈感，也是一種手藝，是一種用語言文字表達的技術；靈感是捉摸不定的，是一種等待，一種運氣，如果靈感不來，只有耐心等待。

新詩：中國的唐詩宋詞，已有千百年歷史，所以早已融入我們的生活與詞彙之中，千百年前，詩詞剛出來的時候，也一樣地經過了漫長的演變；在文學的長河中，要不斷地加入新鮮東西，不斷地去換一種新說法，來提供讀者的快感；作為詩人，要避免陳腔濫調，要隨時去尋找不同的可能性，來自我挑戰，超越自己。

北島認為上世紀前半段是詩的黃金時代，現在黃金時代已過，他的一本《時間的玫瑰》就是介紹黃金時代的九位西方詩人。

至於近年來他為什麼常寫散文，北島說是為了生活。對詩人來說，詩人寫散文是非常容易的，有一年他曾為《美國之音》寫了五十篇散文。

我特別問北島：「成名這麼早，會限制你後來的創作發展嗎？」他回答得十分坦率：「本來會的，幸虧有了這許多年的飄泊。」後來我看到他的《失敗之書》，他說過同樣的話：「我得感謝這些年的飄泊，使我遠離中心，脫離浮躁，讓生命真正沉潛下來。」

最後北島以詩歌朗誦結束了今夜的座談。北島的詩歌朗誦是非常有名的，他的北京口音增加了詩歌的音樂性，非常好聽。在大家的要求下，他為我們朗誦了〈畫（田田的畫）〉和〈履歷〉兩首詩。〈畫〉是寫給女兒田田的，〈履歷〉寫我們這一代人的履歷。

與君一夕談，勝讀十年書。聽了北島的一番言語，我茅塞頓開，忽有所悟：中國人寫詩寫詞，不能永遠停留在唐在宋，如果沒有現代詩人前仆後繼地努力與嘗試，中國詩將永遠只有過去，沒有未來。對於華路藍縷、敢於創新的詩人，我們也許不瞭解他們的詩，甚至不喜歡他們的詩，但對他們的高瞻遠矚、敢於創新的勇氣，不能不表示敬意。

「微斯人，吾誰與歸？」見過北島，瞭解了他的背景，又聆聽了他對新詩的解說，我再讀他的新詩，在他恍恍忽忽、朦朦朧朧的詩句中，我若有所悟。要瞭解北島，我想還是讀他的詩吧！下面就是他的成名詩〈回答〉。

〈回答〉／北島

卑鄙是卑鄙者的通行證，
高尚是高尚者的墓誌銘，
看吧，在那鍍金的天空中，
飄滿了死者彎曲的倒影。

冰川紀過去了，
為什麼到處都是冰凌？
好望角發現了，
為什麼死海裡千帆相競？

我來到這個世界上，
只帶著紙、繩索和身影，
為了在審判前，
宣讀那些被判決的聲音。

告訴你吧，世界
我——不——相——信！
縱使你腳下有一千名挑戰者，
那就把我算作第一千零一名。

我不相信天是藍的，
我不相信雷的回聲，
我不相信夢是假的，
我不相信死無報應。

如果海洋注定要決堤，
就讓所有的苦水都注入我心中，
如果陸地注定要上升，
就讓人類重新選擇生存的峰頂。

新的轉機和閃閃星斗，
正在綴滿沒有遮攔的天空。

那是五千年的象形文字，
那是未來人們凝視的眼睛。

古冬新書《鮮河豚與松阪牛》

古冬這個名字很古怪：「古代的冬天」，冷得你想到好幾百萬年、好幾百萬年前的冰河時期。

古冬的本名也怪，他叫張衮平，那「衮」字很少見，一般人看了也不見得認識。我查了字典，才知道「衮」是天子穿的龍袍。現在沒有天子了，不認識天子的龍袍，應當是合情合理的事。古冬曾寫過一篇文章，叫〈吃蛋罵蛋〉。「衮」字，就是他那篇文章裡面所說的「滾蛋」的「滾」字沒有水。

古冬這個人跟他「又古又冷」的名字剛好相反。他熱心，興趣廣，愛吃，愛旅遊，他的一生多彩多姿。他是廣東臺山人，出生於一個美國僑眷的家庭，然而他卻跑到北京去讀書。北京人說：「天不怕，地不怕，最怕廣東人說官話。」他就來個「君子動手不動口」，從事動手的文藝工作，在北京、上海做編輯、編劇本。後來他到了香港，開始寫小說與散文。

他在七〇年代移居美國後，馬上進入餐館工作。在餐飲界十三年，從打雜開始，最後升為波士頓最大一家華人餐館的頭廚。一九九一年，他驛馬星又動，這次他搬到了大洛杉磯的Orange County（橘郡），和朋友合夥開餐館，當老闆了！

從他這一生的經歷可知，古冬寫吃、寫餐館是自然而然、天經地義的事，然而能把中國餐館在美國的酸甜苦辣，寫得像古冬一樣生動的就不多見了。所以在一九九一年，僑報登出他的第一篇〈牛狗篇〉以後，馬上受到讀者們的熱烈歡迎，特別是有過餐飲業經歷的讀者，讀完後感動得「熱淚盈眶」！自此以後，他連出三本有關「吃與旅行」的書：《浪花集》、《迷茫的東瀛》和這一本《鮮河豚與松阪牛》，本本都受到讀者的喜愛。

中國餐館與在美華人有一種微妙的關係，是一種又愛又恨的關係。古冬說「根據一家專業雜誌的統計，現在中國餐館有四萬多家，從業人員近六十萬」。在二〇〇〇年人口普查時，在美的華人有二千八百萬，從以上龐大的餐館統計數字看來，中國餐館，應該是在美華人重要的一個謀生之道。

民以食為天，就是不直接或間接以餐館為生的華人，為親朋好友接風、送行、雅敘、與朋友約會，或某一天老婆罷工不煮飯了，我們第一件想起來的事，就是找個好餐館去吃一頓。美國人拍過一個電視節目，說中國人是一個「好吃的民族」，連葬禮以後都有飯吃，使他們非常驚異。

我們這個「好吃的民族」，到了美國不論讀書或移民，因為人生地不熟、英語不佳，中國餐館就自然而然地成了衣食父母。從一九五〇、六〇年代，美國對中國的移民開放以來，中國學術界的精英：學文學、藝術、音樂、數學、化學、物理的，都紛紛像古冬一樣，投入了中國廚房的大洪爐，做起「廚房牛、企檯狗」起來。由是可知，中國菜大發異彩的時代即將來臨，未來的中國菜裡面一定會含有文學、藝術、音樂，甚至有化學、物理、數學等等元素，愛吃中國菜的人有福了！

古冬說得好：「餐館利用兩扇門，把內部分隔成兩個截然不同的世界，向外的一邊是佳餚美酒，觥籌交錯，朝裡面的一邊是油煙騰騰，火光刀影。」當我們衣冠楚楚，坐在富麗堂皇的餐館裡「吃香喝辣」的時候，除了交際應酬之外，我們最關心的是今天的菜對不對胃口，waiter、waitress招待得周到不周到。吃得滿意時，齒頰留香，下次再來；吃得不痛快，就氣呼呼地說：「不給小費！」

看了古冬的文章才知道那扇門後面的一個世界，跟那扇門前面的世界一樣，也是一個七情六慾、有血有淚的世界。

所謂的「廚房牛、企檯狗」是餐館行家自嘲的行話，「企檯」就是廣東話的waiter。「廚房牛、企檯狗」，意思是說在中國餐館做大廚，像牛一樣地苦，做跑堂，像狗一樣地不值錢。做廚師的辛苦就像古冬書上形容的：「廚房牛，每日十幾小時，在一百多度高溫的廚房內煎熬。」

事實上，老美說得不錯，中國人確是個「愛吃，又會吃」的民族。以前有一個有名的電影叫《龍門客棧》，從那個電影就可看到，四面八方來的英雄好漢，不約而同地都跑到前不搭村後不著店的「龍門客棧」來了，這些武功高手進了客棧的第一件大事，就是坐下來交代店小二：「來點好吃的小菜！」

請問，如果客棧裡沒有一兩個「廚房牛」的高手，哪裡會有「好吃的小菜」？

這些會武功的人，似乎都有一個共同的德性，那就是一言不和就拳打腳踢，刀光劍影，而首當其衝，挨打、挨罵、挨殺的倒楣鬼，就是現在叫企檯的店小二。

「君子遠庖廚」，在中國文學藝術中著墨最少的就是這些流血流汗，把中國吃的藝術文化發揚光大、揚名世界的「廚房牛、企檯狗」了。在中國這麼長的歷史中，我一下子想得起來的「廚房牛、企檯狗」，只有司馬相如和卓文君而已，那還是因為司馬相如是歷史上的大文豪，才留名青史。而中國廚房（尤其古代的中國廚房），環境一定比美國的廚房差太多了，更何況中國的大城：南京、武漢、重慶等都是有名的「中國火爐」，熱不可當。

所以古冬寫中國餐廳，是一種春秋之筆，他寫的不只是美國中餐館的「廚房牛、企檯狗」，他寫的是普天之下，所有中國餐館的辛酸血淚！

但是古冬的著筆不是悲觀的。他文筆幽默樸實，見解豁達開朗，他「古冬式的幽默」讓讀者在難過中又忍不住帶著會心的微笑。他文章中參雜了一些廣東話，不會廣東話的人也許看不懂，讀起來卻叫人覺得親切。

古冬他是正面的、樂觀的。他把廚藝叫成「烹調工程」，廚師是藝術家，還可以上電視做「美食家」。他說現代中國名廚的廚藝，實在高明，比古代御廚還受人尊敬。他又說當今名廚：「像梅蘭芳的表演藝術一樣，同樣地代表著中國藝術。」

古冬也是理智型的作者，他在書中「細說美國中國餐館史」。例如，美國的中餐業，從臺山阿伯的雜碎，怎麼會演變成今天這樣花開遍地的盛況？幕後的重要功臣究竟是誰？古冬說的這位關鍵人物就是雖因水門事件下臺、卻因打開中國門戶而青史留名的美國總統尼克森（President Richard Nixon）。

在書中，他也記錄了許多中餐館的重大歷史事件：

一九八九年的「陳皮牛、宮保雞」事件。那時美國媒體口誅筆伐，槍口一致對準中餐館，說一份「陳皮牛」或「宮保雞」的含油量，等於四份漢堡的總和，嚇得怕胖的老美裹足不前。我們都知道美國胖子有愈來愈多的趨勢，每三個人裡面就有一個特大號胖子（obesity），這種消息的殺傷力，自是非常的可怕。

一九九一年，跟古冬的名字一樣，是一個寒冷的冬天。美國經濟不景氣，中國餐館紛紛裁員關門，全美各地的華人，一片唉聲嘆氣。

一九九九年，洛杉磯的一個美國電視臺，暗藏錄影機，偷拍中國餐館廚師在廚房裡的奇形怪狀，不要說是美國人，就連中國人都嚇得好久不敢進中國餐館了。

雖然中國餐館業受到一波又一波的打擊，然中國餐館，就像中華民族這個民族一樣，無論受到什麼打擊，都能像火鳳凰一樣，浴血重生。

古冬愛到世界各地去旅遊，旅遊時，到哪裡去吃，吃什麼東西，他書中都有詳細的記載。有了古冬的書，愛吃、愛喝、愛旅行的人就有福了。

現在美國電視上有一個很受人歡迎的日本節目，叫《Iron Chef》（《料理鐵人》），這是一個名廚競賽的節目。從這個節目裡，我們看到日本吃的文化，極為精美雅致。因為古冬的兒孫住在日本，他常去日本，他對日本吃的文化，有極生動的描述，其中最膾炙人口，也最引人入勝的，就是這本書名上的「鮮河豚與松阪牛」。

日本「松阪牛」很有名，這些牛是要按摩、喝啤酒的，所以牛肉特別嫩。日本有一家松阪牛肉特別鮮嫩甜滑，入口即化，如果不講你都不知道在吃牛肉呢！

但是，最最驚心動魄的一餐，就是古冬他「咬緊牙根，以豁出去的決心、以視死如歸的勇氣、基督耶穌最後晚餐的悲壯、英雄好漢慷慨就義的氣概……，非關紅顏，不為江山……」，空前絕後的一次壯舉。這一次冒死吃河豚的壯舉，足足花了他六百美金。

說到這裡，想到古冬書中的種種山珍海味，我已忍不住食指大動，飢腸轆轆了，我現在就要去找一家好的中國餐館，大吃一頓去了。諸位文友，恕我失陪囉！

註：這是作者在二〇〇二年古冬新書《鮮河豚與松阪牛》發表會上的演講稿。

跋　感恩之歌

「陽春召我以煙景，大塊假我以文章」。自退休以來，我紛擾零亂的心漸漸地沉靜了下來，同樣的春花秋月、名山大澤、小橋流水、甚至我家後院的山禽小獸，都好像在突然之間掀開了覆在上面的面紗，還原了他們的真面目，原來清明純淨的世界竟是如此的精緻美麗。

電子科技的日新月異，使我獲有「阿里巴巴和四十大盜」的神奇密碼，得以開啟山洞的寶庫，進入世界上收藏最豐富的圖書館，並得以在館中上窮碧落下黃泉，自由自在的蒐尋與瀏覽。從遠古的史地到未來科技的走向，圖書館中的資料廣博豐富，取之不盡、用之不竭，我因而在退休之年，成為「世界大學」的一名學生，享受著人類智慧的成果與結晶。

然而，寫作是一條漫長的路。每當我感動於江山的壯麗，或感嘆於人情的冷暖時，常有寫作的衝動，但往往又困於生活的瑣瑣碎碎，不得不一而再、再而三地擱筆。幸運的是，當我在這條崎嶇的道路上跌跌撞撞前行時，總有親朋好友，或陌生文友在路邊鼓勵、支持與幫助我，使我終於有了這本《蝴蝶之歌》的出版與問世。

其中我最要感謝的是生我養我的父母，是他們傳給我健康、樂觀、刻苦耐勞與愛讀愛寫的好基因，因此我要把《蝴蝶之歌》獻給我已故去的父親張毓中先生與母親吳宛中女士。

老公關德松和小弟張溪（張三）是我寫作中最重要的兩個人，幾十年下來，他們的指點、批評與協助，甚至他們的思想與風格都溶入了我的文章之中，如說此書是三人的集體創作，也不為過。

另外我要感謝素昧平生的沙丘先生。二〇一一年，他在千萬個部落格中，提舉了兩百三十二位臺灣本土網路優秀散文作家，我的名字竟在其中，這對一個剛退休、正在為代溝擔心的我來說，不啻是黑暗中的一盞明燈。也就是因為我與沙丘先生互不相識，所以我才覺得他的提舉特別特別的珍貴。

同時我也要感謝為本書寫序的文友與前輩，他們是在我寫作道路上助我最多的幾位：前瀋陽大學陳殿興教授與夫人劉廣琦師母，多年來一再提醒我下筆一定要慎重；吳玲瑤與我是「一同出道」的文友，近三十年來她的幽默文章紅遍海內外，但她對一度曾是「寫作逃兵」的我，卻一再地鼓勵，不斷地照顧；徐潤蘇與我同窗共讀，相知相識六十年；朱立立是我北二女同學，現在我們經常一起結伴去旅遊或參加文學會議；李雅明、張寧孜夫婦與我們夫婦一同為千橡華人社區服務三十年，在他們的指導下，我出了我的第一本書《海棠集》詩集。

臺北第二女子中學初中理化老師余仁培，是我永遠的老師，一直到現在，她仍是我的電腦顧問、智囊、以及與我分享優美雋永資訊的忘年交。

對其他成千上萬的親友、文友、讀者，我雖無法向你們一一致謝，但我同樣的感謝你們每一位。我希望能藉著下面我為部落格文友所寫的一首〈感恩之歌〉，向你們致上最衷心的謝意！

感恩之歌

張棠

這是一個祕密。自從我有了第一個部落格的那一剎那起，我就擁有了魔戒的密碼，衝破了形體的束縛，飛翔於時空之外。我的新世界深邃、寬廣，而且浩瀚。

我開始耕耘於虛擬。曾經飄忽來去、似有非有的小小部落格（blog），漸漸地長出了綠草，開出了花朵。我坐擁花城，在繁花中徜徉，在白雲外徘徊。

地球蠢動著天災人禍，人類鼓躁著惶恐不安，我們暫時歇足部落格，卸下壓力的重擔，分享著生活的點點滴滴，感動於世界的溫馨美麗。

分分秒秒，日日夜夜，親友的支持、文友的鼓勵、讀者的祝福，與陌生人的提選與推薦，幻化為一個又一個點擊數字，隨著宇宙的節奏，在屏幕上神奇的顯現。

緣分的奇妙，我不解、也不懂。有的，只有心靈的感動。我感謝每一位親友、文友與讀者，也要謝謝部落格的編輯、工程師與幕後的工作人員，我的花園因為你們而萬紫千紅，我的天地因為你們而水泉涓涓。

上窮碧落下黃泉，有了時空的密碼，我遊走於虛實，穿梭於有無。無形世界有情天，不論我飛得多高，飛得多遠，我永遠情繫大地，心懷家園。秋天是感恩的季節，我也要在「雲端」，向天下所有的有緣人，道一聲感謝。

北美華文作家系列13　PG0969

蝴蝶之歌
——張棠文集

作　　者／張　棠
責任編輯／林泰宏
圖文排版／陳姿廷
封面設計／秦禎翊

發 行 人／宋政坤
法律顧問／毛國樑　律師
印製出版／秀威資訊科技股份有限公司
114台北市內湖區瑞光路76巷65號1樓
電話：+886-2-2796-3638　傳真：+886-2-2796-1377
http://www.showwe.com.tw
劃撥帳號／19563868　戶名：秀威資訊科技股份有限公司
讀者服務信箱：service@showwe.com.tw
展售門市／國家書店（松江門市）
104台北市中山區松江路209號1樓
電話：+886-2-2518-0207　傳真：+886-2-2518-0778
網路訂購／秀威網路書店：http://www.bodbooks.com.tw
國家網路書店：http://www.govbooks.com.tw
圖書經銷／紅螞蟻圖書有限公司
114台北市內湖區舊宗路二段121巷28、32號4樓
電話：+886-2-2795-3656　傳真：+886-2-2795-4100

2013年6月BOD一版
定價：350元

國家圖書館出版品預行編目

蝴蝶之歌 : 張棠文集 / 張棠著. -- 一版. -- 臺北
市 : 秀威資訊科技, 2013.06
面； 公分. -- (北美華文作家系列 ; PG0969)
BOD版
ISBN 978-986-326-107-0(平裝)

855 102007820

讀者回函卡

感謝您購買本書，為提升服務品質，請填妥以下資料，將讀者回函卡直接寄回或傳真本公司，收到您的寶貴意見後，我們會收藏記錄及檢討，謝謝！

如您需要了解本公司最新出版書目、購書優惠或企劃活動，歡迎您上網查詢或下載相關資料：http:// www.showwe.com.tw

您購買的書名：______________________________

出生日期：_________年_________月_________日

學歷：□高中（含）以下　□大專　□研究所（含）以上

職業：□製造業　□金融業　□資訊業　□軍警　□傳播業　□自由業

□服務業　□公務員　□教職　□學生　□家管　□其它_____

購書地點：□網路書店　□實體書店　□書展　□郵購　□贈閱　□其他

您從何得知本書的消息？

□網路書店　□實體書店　□網路搜尋　□電子報　□書訊　□雜誌

□傳播媒體　□親友推薦　□網站推薦　□部落格　□其他__________

您對本書的評價：（請填代號　1.非常滿意　2.滿意　3.尚可　4.再改進）

封面設計____　版面編排____　內容____　文／譯筆____　價格____

讀完書後您覺得：

□很有收穫　□有收穫　□收穫不多　□沒收穫

對我們的建議：______________________________

____

____

____

請貼
郵票

11466
台北市內湖區瑞光路 76 巷 65 號 1 樓
秀威資訊科技股份有限公司 收
BOD 數位出版事業部

(請沿線對折寄回，謝謝！)

姓　名：＿＿＿＿＿＿＿＿　年齡：＿＿＿＿　性別：□女　□男

郵遞區號：□□□□□

地　址：＿＿＿＿＿＿＿＿＿＿＿＿＿＿＿＿

聯絡電話：(日)＿＿＿＿＿＿＿＿＿＿(夜)＿＿＿＿＿＿＿＿＿＿

E-mail：＿＿＿＿＿＿＿＿＿＿＿＿＿＿＿＿